新潮文庫

時雨のあと

藤沢周平著

新潮社版

2866

目次

時雨のあと

雪明かり

一

朝から底冷えがして、暗い雲の下に町全体がしんと静まりかえっているような刻《とき》が過ぎたが、七ツ（午後四時）過ぎになって雪が降り出した。師走《しわす》に入ってから二度めの雪だった。雪は、夜になると急に勢いを増して、切れめなく降り続いた。

菊四郎を追い越した男が二人、今夜は積りそうだ、と言ったのが聞こえた。在方《ざいかた》の者らしく蓑《みの》を着た男たちである。一人は頬かむりをし、一人は笠《かさ》をかぶっていたが、二人とも頭から肩にかけて、白く雪にまみれていた。

足駄にすぐ雪がくっついて歩きにくい。菊四郎は立止まって足踏みをし、足駄の雪を落とした。二人の男の姿は、歩き悩んでいる菊四郎をみるみる引離し、やがて闇《やみ》のなかに消えた。雪に追い立てられるような、速い足どりだった。町通りは早く戸を閉め、明るいのはいま菊四郎が歩いている坂下の一角だけである。そこには肴《さかな》屋や青物屋が塊《かたま》っていて、店先に軒行燈《のきあんどん》や二百匁《もんめ》もありそうな裸蠟燭《はだかろうそく》をともして、客を呼んでいる。店の内には客の姿がみえた。

菊四郎は、今度は傘を傾けて雪を払った。雪は水気を含んでいて、傘がすぐ重くなる。そのとき傾けた傘に、柔らかく重いものが触れた感じがした。人にぶつけたらしい、とはっとしたとき、向うから詫《わ》びの声がした。

「ごめんなされませ」

若い女だった。肴屋の軒先から走り出して、ちょうど来合わせた菊四郎の傘にぶつかった模様だった。

女は傘をあげた菊四郎に、もう一度小腰をかがめて去ろうとしたが、不意に足をとめて視線をもどした。同時に、菊四郎にもその女が誰だかわかっていた。

「由乃《よしの》か」

菊四郎が言うと、由乃は頭にかぶせていた手拭《てぬぐ》いを取って、「兄さま」と言った。呟《つぶや》くような小声だった。

「魚を買いに来たか。ま、傘に入れ。そこまで送ろう」

菊四郎はとりあえずそう言った。軽い驚きが心の中にある。由乃に会ったのは、四、五年ぶりだろうと思われた。それが偶然にこんなところで会った驚きと、由乃がすっかり大人っぽくなっていることに対する驚きが混じり合っている。

城中で、実父の佑助《ゆうすけ》に会ったとき、由乃が来春に嫁入りする、と聞いている。そのときもびっくりしたが、由乃がもうそんな年になるか、と思っただけだった。だがこうして会ってみると、由乃はもう一人前の女だった。

「遠慮せずに入れ」

菊四郎に催促されて、由乃は身体《からだ》をすくめるようにして傘の中に入ってきた。なまぐさい魚の香がした。雪が降りしきる中で、それは鋭く匂《にお》ったようだった。

「何を買ったな?」

「鰯《いわし》です」

由乃は小さい声で答えた。由乃は、どこか自分を恥じているようにみえた。傘もささず、粗末な身なりで、町女のように魚を買いもとめている姿を、菊四郎にみられたのを恥じているようだった。傘の下に入っても、菊四郎に身体が触れないように、気を配って歩いている。その気配が、菊四郎を刺した。

鰯か、と菊四郎は思った。実家の古谷の家では、菊四郎が芳賀《はが》家の養子になる前と変りない貧しい暮らしが続いているようだった。養家では、鰯は喰わない。そう思ったとき、菊四郎は何かのおりに実家のことを考えるとき、いつもそうであるように、あるうしろめたさに心をとらえられていた。

菊四郎が、御勘定預《あずかり》役で三十五石の古谷家から、同じ家中の芳賀家に養子に入ったのは、十二のときである。芳賀家は二百八十石で、当主は物頭《ものがしら》を勤める家柄だった。この破格の養子縁組が調ったとき、芳賀家から条件が出された。両家の間で親戚《しんせき》づき合いはしない。菊四郎は特別のことがないかぎり、実家の古谷家には出入りさせない、というのが条件の中身だった。子供心に、菊四郎は芳賀家のその申し込みに反撥《はんぱつ》を感じたが、父の佑助は、一も二もなくその条件を呑《の》んだ。

古谷家では、三年前に母親が病死し、後妻を迎えたが、子供が五人もいたのである。菊四郎と、ひとつ年上の兄の滝之助、後妻の満江の連れ子由乃と、すでに三人もいたのに、満江は嫁いできてから男の子を二人生んだからである。父親の佑助は、芳賀家との養子縁組を名誉だと思っていたが、一方で菊四郎を外に出すことは口減らしになると考えたのであった。

養子になると同時に、菊四郎は実家から切り離されてしまったが、菊四郎が芳賀家の人間になって、ほぼ一年経《た》ったころ、兄の滝之助が急死すると、その感じは一そう強まった。交際を禁じられたまま、実家は次第に遠ざかり、二百八十石の芳賀家の跡取りという境遇に馴《な》れて、年月が経ったようであった。

しかしそれだからといって、菊四郎がいまの不自由のない暮らしに自足し、生家のことを思い出しもしないということではなかった。むしろ広い屋敷で飽食しているから、菊四郎は、時おり脈絡もなく実家の貧しさを思い出すのである。

そして思い出すのは、不思議に父親や、まだ幼ない異母弟たちのことではなく、継母の満江や義妹の由乃のことだった。二人とも働き者だった。満江は乏しい家計のやりくりに頭を痛めながら、懸命に内職をし、由乃は母親に連れられて、古谷家に引き取られたその日から、掃除、洗濯を手伝い、母親が内職を探してくると、それも手伝った。由乃はそのとき、六つの子供だったのである。

父親の佑助は、三十五石の家禄《かろく》を守って、芸もなく城と家の間を往復してきただけの男である。古谷家の貧しい暮らしを支えていたのは、継母と由乃だったのではないか、と菊四郎は思うことがある。

その貧しさは、いまも続いているはずだった。それは、こうして数尾の鰯を大事そうに提げている由乃をみればわかる。その貧しさから切り離された場所にいるうしろめたさが、菊四郎を実家につないでいる。

「由乃は嫁に行くそうだな」

と菊四郎は言った。由乃は一瞬足をとめて菊四郎をみたようだったが、黙って歩き続けた。由乃は無口なたちである。

「御旗組の宮本という家だそうだが、悪い家でないと、親爺《おやじ》が喜んでいたぞ」

「……………」

「どうした？　あまり嬉《うれ》しそうではないな」

「いえ」

　由乃がちらと白い歯をのぞかせたのがみえた。雪はもう道が白くなるほど積もって、表情がぼんやりとみえる。

「お前は働き者だから、嫁入り先でも気に入られるだろう。そうだ、何か祝いの品を買ってやるぞ」

「お祝いはいりません。心配しないでください」

「いらん？」

　菊四郎はびっくりして、雪の上に立止まった。

「どうしてだ。遠慮はいらんぞ」

「でも、兄さまは芳賀さまのお方ですから」

　由乃は何気なくそう言ったのかも知れなかった。子供のときからそう言われてきているのだろう。だがその言葉は、やはり菊四郎の胸を刺した。

「窮屈なことを言うものでない。芳賀家の人間であることは確かだが、だからお前たちの兄でないという理屈はない」

「……………」

由乃は黙って歩いた。道は勾配《こうばい》のゆるい長い坂道にかかっている。

「はい。それでは頂きます」

坂の途中まできたとき、由乃が立止まってそう言った。菊四郎は微笑した。安堵《あんど》の笑いだった。つとめて身を避けるようだった由乃が、その素振りをやめて寄りそってきたのを感じたのである。

「だいぶ思案が長かったな。では簪《かんざし》でも買ってやろう」

「うれしいこと」

と言ったとき、由乃はつるりと雪に滑った。あわてて手を出した菊四郎に縋《すが》りながら、由乃はまた滑った。菊四郎は、傘を捨てて両手で由乃をつかまえ、上に引き上げるようにした。由乃の小柄な身体が、菊四郎の腕の中に入ってきて、抱き合う形になった。小柄だが、由乃はずしりと重く、雪がくっついた下駄を履いている菊四郎は、押されたぐあいになってよろめき、今度は由乃が菊四郎をささえた。

由乃はくすくす笑った。菊四郎も笑った。見ようによっては、若い男女が戯《ざ》れているととられ兼ねないが、夜の坂道には雪が降りしきっているだけで、人影はみえなかった。この前由乃と会ったのは、四年前の山王社の祭りの人ごみの中だったと、菊四郎は思い出していた。それからの時のへだたりが、一度に縮まったようだった。

「大きゅうなったし、美しくなったものじゃ」

傘を拾って、由乃にさしかけて歩きながら、菊四郎は慨嘆するように言った。快い親身な感情が胸を浸している。嫁に行く前の由乃に会い、そのしあわせを祝福してやれてよかったと思っていた。

「由乃は十八か。正月で十九か」

それには答えずに、由乃は不意に、

「兄さまも、間もなくでございましょ？」

と言った。さっきから考えていたことを口に出したような口ぶりだった。菊四郎は不意を衝《つ》かれたようで、少しうろたえた。

「うむ。まあな」

「おきれいな方だそうですね」

由乃の言っているのが、許婚者《いいなずけ》の朋江《ともえ》のことだとわかったが、菊四郎は黙った。朋江は美しいが権高《けんだか》な女である。

「では、ここで」

と、由乃が言った。坂を上り切ったところで、道は四辻《よつつじ》になっている。菊四郎は真《まっ》直《す》ぐ行くが、実家は左に曲った山伏町の奥にある。

「家の前まで送ってもいいぞ」

「いいえ」

由乃は後じさりするように傘の外に出て首を振った。

「兄さまに送ってもらったりしたら、母に叱《しか》られます」

「そうか」

「嬉しゅうございました。お話できて」

由乃は、はっきりした声で言った。

「もう、お会いすることもないと思いますから」

菊四郎が、何か言おうとしたとき、由乃は身をひるがえすように、狭い山伏町の町並の中に走り込んで行った。その姿はすぐに闇に消えた。背を向けたとき、一瞬なまめかしくくねった、若い女の腰の動きが、菊四郎の眼に残った。

二

「母上が、母上がと申されるが、そういうことは貴公の覚悟次第ではないのかな」

菊四郎は言った。少し気持が苛立《いらだ》っている。苛立ちは、眼の前にいる由乃の夫、宮本清吾の煮え切らない態度に触発されている。

実父の佑助から、由乃のことで相談を受けたのが昨日である。由乃は大病で寝ているらしいと佑助は重苦しい顔で言った。そのことを古谷の家の者は、宮本家の近所の口で知ったのである。宮本家からは何の知らせもないので、佑助も満江もしばらく様子を窺《うかが》ったが、こらえ切れなくなって満江が見舞いに行くと、玄関で追い返されたというのであった。

清吾の母親は、知らせる必要があれば、こちらから知らせる。嫁は確かに病気で臥《ふせ》っているが、医者も呼んで、手落ちなく看護している。それをあてつけがましく見舞いに来たのは、手当ての仕ように不服があっておいでか、と凄《すご》い剣幕で、満江は驚いて、家に上がるどころか見舞いの品も出しかねて帰ったのである。だが、満江はそれから夜も眠れずに心配している、と佑助は言った。

それが下城ぎわの話で、菊四郎は昨日は宮本をつかまえられず、今日漸《ようや》く会ったのだった。あれが由乃の夫か、と遠くから肉の薄い宮本の顔を眺めたことはあったが、話すのははじめてだった。

だが菊四郎がいろいろと問いただすのに、宮本の答えようが、いっこうに要領を得ないのである。由乃の病気はさほどでない、と言いながら、病名を聞いても答えず、満江が追いかえされた一件を持ち出しても、母に考えがあってしたことでしょう、とけろりとしている。話しているうちに、菊四郎は、青白い顔をし、手足も細い宮本から異様な感じを受け取っていた。由乃が、宮本親子に監禁されているような気さえしてくる。

「とにかく、貴公に同道して、由乃を見舞ってやりたい。よろしいか」

「いや、それは困ります」

と宮本は言った。二人は立止まって、睨《にら》みあうように向き合った。大手門を出て、濠《ほり》に沿ってしばらく歩いたあとだった。八月の日射《ひざ》しが傾いて、濠の水の上に、巨大な城壁の影が伸びている。日射しは、昼の間はまだ真夏を感じさせるほど暑いが、この時刻になると、日の色にも吹く風にも秋めいた感触が混じった。

「困るというのは、どういう意味だ？」

菊四郎は怒気を押さえて言った。

「断りもなしにお連れしては、母に叱られます」

「また母上か」

思わず嘲《あざけ》る口調になった。この相手に構ってはいられない、という気がした。

「それでは、さきに帰って、それがしがお訪ねする由を、母御に申されたらよかろう」

「…………」

「とにかく、貴公には悪いが、由乃が心配でならん。ぜひとも見舞いたい」

宮本は黙ってうつむいたが、そのまくるりと背を向けると、いそぎ足に去った。その後姿を眺めながら、菊四郎はゆっくり歩き出した。宮本の姿は、濠の端で一度赤あかと日に照らされたが、すぐに家老屋敷の角を曲がってみえなくなった。風に吹かれているように、頼りない後姿だった。

だが、宮本の家に行ってみると、出てきたのは母親だけで、清吾はまだ帰っていません、と言った。仕方なく菊四郎は身分と名前を名乗り、由乃を見舞いに来た、と言った。

古谷の家では、由乃の嫁ぎ先に、菊四郎が芳賀家に養子に行っているとは話していなかったらしく、清吾の母親の顔には怯《ひる》んだようないろが浮かんだ。宮本は五十石である。そういう身分の差を思いくらべたようだった。だが菊四郎が訪ねてきた用向きを言うと、母親の顔には露骨に険しい表情が現われた。

「それは、ご無用にして頂きます」

宮本の母は、切口上で言った。四十を過ぎているだろうに、顔には皺《しわ》ひとつなく、若い身なりをしている。肉の薄い、頤《おとがい》の尖《とが》った顔が、宮本に生き写しだった。

「嫁は医者にも見せ、私が十分に看護しております。お見舞い頂くことはございません」

「古谷の母にもそう申されて、追い返されたそうだが……」

菊四郎は皮肉な口調になった。

「なにをそのように迷惑そうに言われる。見舞いには来たが、べつにもてなしてくれとは申しあげておらん」

「嫁にもらったからには、由乃はわが家のもの。あれこれと実家の方が差し出がましくなさるのはお慎み頂きたいと申したのですよ」

「病気のものを、ひと眼見舞いたいというのは人情でござる。それだけのことで、べつにこちらさまに指図など申しあげるつもりはござらん」

「とにかくお断りいたします。嫁は別条ございませんゆえ、お引き取り下さい」

「いや、曲げて見舞って帰りたい」

菊四郎は、思わず荒い声を挙げた。相手の異様に頑《かたく》な態度に、怒りよりも不安を感じていた。

「実家の母を追い返したようなわけにはまいりませんぞ。上がらせて頂く。兄が妹を見舞うのに理屈もいるまい」

そう言ったとき、菊四郎は由乃に呼ばれたような気がした。耳を澄ませたが、家の中はしんとしている。菊四郎は下駄を脱いだ。

「何をなされます、あなた。理不尽な！」

宮本の母は後じさりして叫んだ。その眼に憎悪《ぞうお》の光が走るのを、菊四郎は睨み返した。

「家捜ししてはぐあい悪い。ご案内頂きましょう」

宮本の母は、それでも顔をこわばらせて菊四郎を拒む手つきをしたが、不意に背を向けて先に立った。案内されたのは、台所の隅から庭に突き出して建て増した三畳間だった。むかし隠居部屋にでも使ったらしい、古い部屋だった。

部屋に入ると、いきなり異臭が鼻をついた。臭《にお》いの中には、あきらかに糞便《ふんべん》の香が混じっている。小さな明かり取りの窓から、暮れ色の光がぼんやりと射しこみ、その下に由乃が寝ていた。襤褸《らんる》のように、厚みを失なった身体《からだ》だった。

「これは……」

茫然《ぼうぜん》と菊四郎が振り返ると、宮本の母が口を歪《ゆが》めて言った。

「身体が弱いばかりで、役立たずの嫁ですよ」

足音が去るのを待って、菊四郎は由乃のそばにしゃがんだ。眼はくぼみ、頰の肉が落ちて、由乃は別人かと思うほど面変りしている。額に汗が浮き、渇いた唇からせわしない呼吸が洩《も》れるのを、菊四郎は耳を寄せて聞いた。額に手をあてると、ひどい熱だった。

「由乃、由乃」

菊四郎が呼ぶと、由乃は薄く眼を開いた。しばらくぼんやりと見つめ、やがてその眼が大きく見開かれた。由乃の眼に涙が盛りあがり、眼尻《めじり》から滴《したた》り落ちた。

「心配いらんぞ。山伏町に連れて帰って、養生させる」

菊四郎が言うと、由乃はうなずいた。それから、なにか言った。

「え？　何と言った？」

「はず、かしい」

由乃は、か細い声で言った。

「恥ずかしいことはないぞ。お前をこんなふうにしたのは、あの鬼婆《おにばば》アだとわかっている」

菊四郎が罵《ののし》ると、由乃の唇に微《かす》かな笑いが浮かんだ。由乃は菊四郎をひたと見つめたまま、堰《せき》を切ったように喋《しゃべ》りはじめた。声は小さくかすれて聞きとりにくく、菊四郎は由乃の口に耳をつけるようにして聞いた。

由乃は梅雨が明けるころ、流産した。だが宮本の家は、流産したから寝て身体を休められるような家ではなかった。家事のほかに、山伏町の実家と同じように内職をしていた。由乃はきりきり働いた。

ある暑い日、由乃は激しい腹痛と目まいに襲われて倒れた。そしてそのまま起き上がれなくなった。暑い夏の間、由乃は物をたべる気力もなく、錐《きり》を揉《も》みこまれるような腹の痛みに堪え、目ざめては眠り、目ざめては眠って過ごした。身体は驚くほど衰えて、はばかりに立つことも出来なくなっていた。宮本の家では、一度も医者を呼んだことはなかった。

「ひどい家に嫁にやったものだ。親ひとり子ひとりという家は、えてしてそういうことがあると聞いたが、本当だったな」

菊四郎は、背中の由乃に言った。外が薄暗くなるのを待って、菊四郎は由乃を背負って宮本家を出た。そのときには清吾も戻っていたが、清吾も清吾と瓜《うり》二つの顔をした母親も何も言わなかった。背中の由乃は、子供を背負っているように軽い。

「だが由乃はまだ若い。ゆっくり養生して、また出直すさ」

由乃の答えはなかった。軽い寝息が耳に触れる。ただ菊四郎の首に回した手だけが、目覚めているかのように、しっかりとまつわりついていた。

三

「家の体面ということを考えていただかないと困りますよ。それぐらいの分別は、あなたにはあると思っていましたのにね」

落ちついた上品な口調だが、養母の牧尾の声には、底冷たいひびきがある。

「第一祝言《しゅうげん》を挙げる前から、茶屋通いをしているのでは、朋江が可哀そうでしょ」

牧尾はちらりと横に坐《すわ》っている朋江をみた。朋江は、二百石で郡《こおり》奉行を勤めている加瀬三十郎の娘で、牧尾の姪《めい》である。朋江は膝《ひざ》に手を置き、真直ぐに背を立てて菊四郎を見つめている。派手な顔立ちの美貌《びぼう》に、取りつくしまもない冷ややかな表情が浮かんでいる。

「それもね。ただの遊びならばよござんすよ。いえ、結構だとすすめるわけではありませんが、茶屋で芸者衆を呼んで騒ぐというのは、男にはありがちのことです。それぐらいのことは私も承知しております。とやかくは言いません」

「………」

「しかしあなたのは違いましょ？　決まったひとがいて通っているそうじゃありませんか。どうなさるおつもりですか」

「しかし……」

菊四郎は顔をあげたが、言おうとしたことと別の言葉を口にした。

「よく調べられたものですな」

「あたりまえでしょ？」

牧尾はゆっくりした口調で言った。

「芳賀は親戚《しんせき》の多い家です。あなたがなさっているほどのことは、必ずどこからか耳に入ってきますよ。それに道場の稽古《けいこ》で遅くなったというあなたが、酒の匂《にお》いがしたのは不覚でしたね。全部調べさせてもらいました」

「………」

「菊四郎殿が、若い女を背負って町を歩いていた、と聞いたのは、あれはいつごろだったかしらね、朋江」

「秋口でございました」

と朋江が答えた。

「そうそ。そのときに、親戚の田村さまからご注意がありました。連れ合いの弥五右衛門殿が生きている間はともかく、いまは菊四郎殿が芳賀家の当主。その芳賀の当主が、事情は知らず、慎みない振舞いではないかということでした」

「…………」

「でもその節は私、あなたをかばったのですよ。それには、なにか仔細《しさい》がございましょうと。十年この家であなたを養って、あなたがどういう人間であるかはわかっておりましたからね。信用しておりました。そうでなければ、芳賀の家を継がせるわけはありません」

「…………」

「でも、あなたはその時の事情を、話しませんでしたね。なぜ隠したのか、この頃やっとわかりました。そのときの女のひとが、いま滝沢という茶屋で、あなたの酒の相手をしているひとだそうですね」

「しかし由乃は妹ですぞ。何か淫《みだ》らなことをお考えのようだが、それは母上のお考え違いでござる」

「でも、そのかた血の繫《つなが》りはないのでございましょ？」

不意に朋江が口をはさんだ。厳しく容赦のないひびきを含んで聞こえた。菊四郎は無視したが索漠としたものが胸をかすめるのを感じた。その味気ない気分は、格式ずくめの芳賀家とその周囲のやりかたからもきていたが、非難の座に据えられて、女二人に詰問《きつもん》されている自分の腑甲斐《ふがい》なさからもきていた。由乃のことを隠していたのが、弁明の余地のない弱味になっている。そういう自分の立場を承知しているから隠してきたが、裸にむかれてみると、ひどくみじめだった。

「それで、どうせよと言われる？」

菊四郎は自分のみじめさにあらがうように、傲然《ごうぜん》と顔をあげて二人をみた。

「茶屋に行くのは、やめて頂きます」

斬《き》り返すように牧尾が言った。

「もともと、山伏町の古谷とはつき合いはしないというのが、あなたを引き取ったときの約定でした。約束は、守って頂かないと困ります。古谷とは身分が違いますから」

「…………」

「それに茶屋に働いているそのひとは、朋江が言ったように、血が繋がる妹ではないというじゃありませんか。まして小禄《しょうろく》とはいえ、武家の家の娘が茶屋勤めをしているとは、どういうことですか。信用なりませんね。あなたはだまされているのではありませんか。由々しいことです」

理詰めで高圧的な、養母の言葉を聞いている中《うち》、菊四郎は次第に堪えがたい苛立ちにとらえられていた。苛立ちは、出口をもとめて菊四郎の内部で荒れ狂うようだった。反論の言葉は喉《のど》もとまで膨れあがっているが、それを口に出しても無駄で、言えば自分をみじめにするだけだとわかっている。

不意に菊四郎は笑い出していた。憤懣《ふんまん》が笑いに姿を変えて噴き出したようでもあり、笑うしかない自分の立場に対する自嘲《じちょう》が洩れたようでもあった。二人の女は、あっけにとられたように菊四郎をみた。事実養母は「不謹慎な」と叱《しか》ったが、不思議なことに、女二人も菊四郎に続いて笑い出したのであった。若い朋江など、袖《そで》で顔を覆《おお》い、身をよじって笑っている。

笑い声の中には、菊四郎と朋江の間に婚約がととのった頃の、屈託なくどこか華やかな感じが戻ってきているようでもあった。

だがひとしきり笑い、笑いやんだあとに、寒ざむとした沈黙が訪れたとき、女二人は猜疑心《さいぎしん》と軽侮を、菊四郎は屈辱と自嘲を、すばやく取り戻していた。

「さ、どうなさいます？」

牧尾の声が、その沈黙を破ってひびいた。

四

「そういうわけでな。ここにも来辛《きづら》くなった」

と菊四郎は言った。

菊四郎がさし出した盃《さかずき》に、由乃は黙って酒をついだ。由乃の頬には、ふっくらと肉がつき、眼には以前はなかった愁《うれ》いのようなものがある。一度躓《つまず》いた女の陰翳《いんえい》のようなものが、由乃につきまとっている。

宮本の家から、菊四郎に救い出されて家に戻ってから、由乃は二月《ふたつき》ほど寝ていた。だが医者にかかり、満江の手厚い看護をうけると、由乃の若い身体は、驚くほどすみやかに回復した。そのあとすぐ、由乃は茶屋に女中奉公に出たのである。医者に払いが溜《たま》っていた。それからさらに三月《みつき》経《た》ち、医者の払いは済んだと言ったが、年を越えてからも、由乃はそのまま勤めている。

「それで、どうなさるんですか」

由乃は低い声で言って、菊四郎をじっとみた。その視線にうろたえたように、菊四郎は盃を呷《あお》った。

「どうもしようがないさ。当分はお前にも会えんということだな」

由乃が俯《うつむ》いた。微かなため息を聞いたように、菊四郎は思った。

「まだ、当分ここで働くつもりか」

「ええ」

由乃はうなずいて、微笑した。

「私、こういう商売が合っているようですよ。気楽です」

「しかし、そうもいかんだろう。父上は何も言わんのか」

「一度ああいうことがあったでしょ。だからしばらくそっとして置くつもりじゃありませんか」

「ここでは気に入られているのか」

「ええ、とっても」

「不思議なものだな。お前が茶屋の女中などをして、俺はこうして酌をしてもらって酒を飲んでいる」

「また叱られませんか」

「婆アのことなど、うっちゃっとけ」

菊四郎は乱暴な口をきいた。酔いがまわってきたのを感じる。

「二百八十石が何様だと思っているのか知らんが、二言めには芳賀家だ、体面だとうるさい婆《ばあ》さんなのだ」

「大きな声を出さないで。人に聞こえたら大変ですよ」

「なんの話だったかな、由乃」

「こうして私がお酌をするのが、不思議だと言ったんですよ。べつに不思議なことはないのに」

「それだ。お前と母上を古谷の家に引きとったとき、親爺《おやじ》はいずれお前を兄貴に娶《めと》せるつもりだったらしいな」

「…………」

「ところが兄貴は死んで、お前は女中勤めなどをして苦労している。そして俺はいま、芳賀家の人間だから、酒を飲みにくるぐらいのことしか出来ん。そうやって、お前や古谷の家に詫《わ》びているのかも知れんなあ」

「詫びるなんて言わないで」

「ところが婆さんは、お前に会うのも止《や》めろと言うわけだ。バカ婆アめ」

「仕方がないことです。みんな世間体に縛られて生きているんですから」

「利《き》いたふうなことを言うものでないぞ、由乃。酒を注げ」

「大丈夫ですか。そんなに飲んで」

「俺はなあ。こうしてお前と一緒にいるときが一番気楽だ。俺が俺だということがわかる」

「ほんとうですか」

「養子になぞ、なるんじゃなかったな。俺は一生裃《かみしも》を着て通さなければならん」

「でも、朋江さまという方は、おきれいなひとだそうですね」

「朋江？　なに、あんなのは婆さんとひとつ穴の狢《むじな》でな。高慢ちきな女だ。由乃の方が、よほど美しい」

菊四郎は由乃の手を取った。滑らかな手触りだった。不意に菊四郎は、酒がさめるような気がした。指をまかせたまま、由乃は俯いてじっとしている。

由乃に会うとき、いつもやってくる場所にきたのを、菊四郎は悟った。立止まるその場所から、その先はひと跳びの距離に過ぎなかった。だが菊四郎は繋がれていた。跳べば由乃もろともその裂け目に墜《お》ちるのがみえている。

「跳べんな」

「え？」

由乃は物思いに捉《とら》われていたらしく、ぼんやりした眼で菊四郎をみた。それから、さながら今の呟《つぶや》きを理解したかのように、身を寄せて菊四郎の肩に、額をつけた。熱い額だった。

山伏町の家を出ると、菊四郎は迷路のように入り組んでいる町並みを、俯いて坂上の方に歩き出した。胸に、いまみたひとつの所書きが焼きついている。それをみたために、菊四郎の胸は、激しく波立ち、雪の道に躓いた。所書きは、江戸の牛込北《うしごめきた》、白銀《しろがね》町という場所にある一軒の商家のものだった。そこに由乃がいる。由乃は江戸に行くとき、菊四郎が訪れてきたら渡すようにと、その所書きを母の満江に残して行ったのである。由乃は江戸に逃げたのではなかった。遠くから菊四郎を呼んでいた。

歩いている町は、小さな武家屋敷が軒を寄せ合うようにならび、道は狭く曲りくねっている。どこかで屋根の雪が滑る音がした。

坂上の道に出ると、視界はぼんやりと明かるくなった。ゆるやかな勾配《こうばい》が続き、坂の下に黒々と夜の町が眠っているのがみえた。人気がないおぼろな坂道を、菊四郎は少し苦しいような気持で眺めた。

――いまなら、まだ跳べると由乃が言っている。

菊四郎はそう思った。朋江との婚礼が、月末に迫っていた。今日、茶屋を訪ねたのは、その前にもう一度由乃に会おうと思ったのだ。だが由乃は、ひと月も前に茶屋をやめていた。菊四郎はすぐに山伏町の実家に行った。そこではじめて、由乃が江戸に奉公に行ったことを知ったのである。だが由乃は、所書きを残していた。

坂を見おろしていると、そこで四年ぶりに由乃と会ったときのことが思い出された。そのとき雪に滑って、屈託なく笑った由乃の声が甦《よみが》えるようだった。すると雪の坂道は、不意に寂寥《せきりょう》に満ちた場所にみえた。胸の波立ちはおさまり、かわりに由乃の不在が、鋭く胸をしめつけてくるのを、菊四郎は感じた。

——由乃は、跳べと言っている。

そうやって、由乃と夫婦になるしかないのだと思った。汚物にまみれ、骨と皮だけになった由乃を宮本の家から救い出したときから、そのことはわかっていたのだった。そして由乃もそれをわかっていたのだ、と思った。

——江戸に行くのだ。

菊四郎は坂に背を向けて、ゆっくり歩き出した。芳賀家との絶縁、朋江との破約。そうしたひとつひとつに、人々の非難と軽侮が降りかかってくるだろう。騒然とした罵《のの》りの声が、もう聞こえる。その声を背に、一人の人でなしとして、故郷を出るしかないのだと思った。菊四郎は、いまそのことを恐れていない自分を感じる。

——いま、跳んだのか。

と菊四郎は思った。遠く由乃が呼ぶ声を聞いたように思い、菊四郎は立止まった。雪明かりの道があるだけだったが、驚くほど身近に由乃がいるのが感じられた。

闇《やみ》の顔

一

事件が知れたのは、その夜四ツ（午後十時）を過ぎた頃である。普請《ふしん》奉行志田弥右衛門と奉行助役の大関泉之助の二人が、血まみれになって、普請場の闇《やみ》の中に倒れているのが発見された。

見つけたのは、城内見廻りの藩士二人である。城内見廻りと言っても、ふだんは本丸の建物の周囲を、定《き》められた道順で提灯《ちょうちん》で照らして廻るだけだが、ひと月ほど前から二ノ丸の巽櫓《たつみやぐら》附近の石垣工事がすすめられていて、その場所を点検する仕事がひとつ加わった。石垣の外は深い濠《ほり》で、そこから人が侵入するなどということは、まず考えられないが、普請場では焚火《たきび》を許している。そのあとを一応見廻るわけである。

巡視の二人は、本丸と二ノ丸をつなぐ短い橋を渡ると、真直《まっす》ぐ普請場に行った。そこで倒れている二人を発見したのだった。一人がその場所に残り、一人が城中に通報した。

その夜宿直の藩士の指揮をとっていたのは、近習頭取《きんじゅとうどり》の瀬尾十内である。瀬尾は、すぐに大目付の安間権太夫と、志田、大関両家に使いを出した。それから自分も、さっき通報にきた平井という藩士を連れて、二ノ丸に行った。

普請場に行くと、そこに残っていた神部という藩士が提灯をあげて迎え、大声で言った。

「いかが致しましょう。志田殿はまだ息があるようですが」

「なに！　ばかめ」

瀬尾は思わず叱責《しっせき》した。平井の報告では、二人とも死んでいると聞いていたのである。

「うろたえるな。なぜもっとよく確かめんか」

瀬尾は、なおも叱《しか》りながら、志田のそばに膝《ひざ》を折って身をかがめた。平井と神部が、両側から提灯をさし出した。生きているというが、明かりに照らされた志田の顔には、死相が浮き出ている。志田の視線は、魚の眼のように一点を見つめて凝固していた。ほぼ真正面から額を斬《き》り割られて、そこから盛り上がった血が、顔半面と髪を汚している。その血が塊《かたま》っているのは、斬られてからかなり時が経《た》っていることを示していた。

瀬尾はさらに身を屈《かが》めて、志田の呼吸を聞き、胸もとから手をさし入れて心音を探った。とぎれとぎれだが、微《かす》かに息が耳に触れ、指先にも微弱な鼓動が応《こた》えた。だがそれは生きている証拠というよりは、死を迎えている証《あか》しのように弱々しかった。これでは、医者も間にあうまい。

「なるほど」

瀬尾は立ち上がった。

「さて、どうしたものかな」

二人を叱ったものの、志田はもう手のほどこしようがない感じだった。瀬尾は自分でもそう言い、倒れているもう一人の方を振り返った。

「大関の方は、どうだ？」

「はい、一応確かめましたが、こちらは絶命しています」

神部は一人残されている間に、それだけの仕事をしたようである。若いが、しっかりしている、と瀬尾は思った。なまなかの者なら死人のそばに一人残されるだけで、おびえてしまうかも知れない。そういう頼りなさを、瀬尾は近頃の若い者に感じている。

「ほう、これは何じゃ？」

瀬尾は大関の死体を一瞥《べつ》すると、思わずそう言い、反射的に志田の方を振り向いた。

大関泉之助は、やや斜めに身体《からだ》をねじった姿勢で、前のめりに倒れていたが、肩から背骨にかけて、ざくりと斬られていた。斬り裂かれた着物の裂け目から、血が溢《あふ》れ布地を濡《ぬ》らして塊まっている。

「凄《すご》い斬り口でございますな」

神部は、剣の心得がある口ぶりでそう言った。

「志田殿は、よほど腕が立つ方のようですな」

「う、う」

瀬尾は曖昧《あいまい》に唸《うな》って、地面に落ちている刀をのぞいた。大関の刀には血がついていて、右手が柄《つか》をしっかりと握っている。志田の刀は、志田の身体から少し離れて落ちていたが、瀬尾が仔細《しさい》に眺めなおしたにもかかわらず、血の汚れはなかった。

不可解なものをみた、と瀬尾は思った。状況は、争って二人が抜き合い、相討ちになった形だった。瀬尾もそう思い、神部と平井はいまもそう思っているらしかったが、大関を斬ったのは、志田ではないようだった。そして、その方が理屈に合うのだ。瀬尾も志田も家柄のせいで若い時からの役持ちである。別につき合いはないが、瀬尾は志田のことはよく知っている。その瀬尾の知識によれば、志田が剣術を修業した形跡はない。

神部は二人の生死を確かめるほど冷静だったが、そのことを知らないから、志田と大関の相討ちという形にとらわれて、刀のことまで気づいていない様子だった。瀬尾は深い疑惑に襲われたが、これは二人に言うべきことではなかった。間もなく大目付の安間が駆けつけるだろうし、安間が調べればわかることだと思った。

「さてと」

瀬尾はもう一度言った。志田は気の毒に死にかけているが、まだ息があるものを放《ほ》っておくわけにはいかない。

「志田をどうするかな」

と言ったとき、城門の方に提灯が二つあらわれ、飛ぶようにこちらに近づいてくるのがみえた。

最初に到着したのは志田の家族だった。総領の勝之丞《かつのじよう》と弟の庄五郎、それに下僕《しもべ》が一人ついていた。三人は、その場の有様を見ると、息をのんで立ちすくんだが、勝之丞が瀬尾に向かって喰ってかかるような口調で言った。

「これは、何ごとですか」

「わからん。巡視の者が見つけての。きてみたら、この有様だ」

「………」

「父御は、微かながら、まだ息がござるようだ。連れ戻って手当てされたらよかろう」

瀬尾にそう言われて、三人は弾《はじ》かれたように志田に駆けよった。慌《あわただ》しく志田を抱き起こし、勝之丞の背に、庄五郎と下僕が志田の身体を押し上げた。

「お待ちなされ」

不意に険しい声が、三人の動きをとめた。大関の父親、大関助太夫が立っている。

三人に僅《わず》かに遅れ、いまついたところだった。

「これは唯事《ただごと》とは思えませんぞ。大目付に知らせが行ったと思われるが、この場の様子を検分して頂いて、それから引き取られてはいかがかな」

「何を申される」

憤然として、勝之丞が言い返した。

「父は、まだ息がござる。連れ戻って早速医者を呼ばねばならん。失礼いたす」

「………」

助太夫は沈黙した。むろん勝之丞の言い分に道理がある。気まずい空気が流れた。

「大関殿。志田殿が言われるとおりでな。この場の有様は、我々三人がしかと見ておるので、志田殿は引き取って頂こうではないか」

瀬尾が穏やかに言うと助太夫はうなずいた。

「失礼いたした」

低い声で言うと道を開けた。志田の家族が離れて行くと、助太夫は連れてきた下僕に提灯を持たせて、大関の死体のそばに蹲《うずくま》った。

「伜《せがれ》は、見つかったとき、絶命しておりましたのですな」

しばらくして、顔をあげた助太夫が、瀬尾に言った。

「さよう」

瀬尾は、そばにいる平井と神部を振り向いた。

「見つけたのはこの二人でな。はじめは志田殿も死んでいるとみたが、後で息があることが知れ申しての」

「争って相討ちになったようでござりますな」

助太夫は立ち上がってくると、二、三度小さくうなずいた。

――大関には心当たりがあるらしい。

と瀬尾は思った。そう言えば志田には酷吏の評判がある、と思った。志田は長いこと普請奉行を勤めている老練な役持ちだが、家中の評判はよくない。人使いが酷薄で、吝嗇家《りんしょくか》だとみられていた。

「これは、我が家で養子にした者でござりましてな」

助太夫が低い声で言った。

「六つの時から養って、間もなく嫁を迎えるところでござりましたが、これで無になり申した」

「実の親御はどなたじゃな」

「頭取はご記憶がござるかどうか。赤松東兵衛でござる」

「赤松なら知っておる」

と瀬尾は言った。

赤松東兵衛は、以前御目付を勤めたが、二十年ほど前に、禄《ろく》を返上して武士を捨てた。瀬尾はその理由までは知らない。ただ赤松が、藩公の前で組頭の丹羽《にわ》内記と激論し、藩公に叱責されると、藩公にも悪態をついて、その場で禄を返上したという噂《うわさ》を聞いた。先代の智山《ちざん》公のときの話である。

赤松は武家暮らしを捨てると、城下西の岡本村に退隠し、掘っ立て小屋のような家に住んで百姓をしている、と聞いたこともある。それを聞いて、激越な男もいるものだ、と思った記憶がある。赤松の息子なら、泉之助というこの若者も、気性は激しかったかも知れないと瀬尾は思った。上役の志田と斬り合いになったのは、いかにも赤松東兵衛の子らしいとも思えた。

——だが、この若者を斬ったのは、志田ではない。別の人間がいる。

瀬尾は、さっきの不審がまた心に戻ってくるのを感じたが、そのことをいま、助太夫に言うつもりはなかった。助太夫は何も気づかず、争論の上の相討ちだと思って、神妙に大目付の裁断を待つ気になっているようである。いま、そうではなく、泉之助を斬ったものはほかにいるようだという話をしたら、助太夫は憤激して喚《わめ》き出すかも知れなかった。それに瀬尾自身の、この見込みが正しいかどうかは、大目付の安間が判断することである。軽がるしく口外すべきではない、と瀬尾は思った。

「さっき嫁を迎えるところだったと申したが……」

瀬尾は、斬ったのはほかに人がいる、というかわりに、死んだ若者に話題を戻した。

「どちらの娘御じゃな」

「は？」

助太夫は何か考えこんでいたらしく、放心したような顔を瀬尾に向けたが、あわてて答えた。

「嫁でござるか。いや、御徒《おかち》目付を勤める伊並の妹でございましてな。器量もよく、心映えもすぐれた娘で、楽しみにしておりましたが……」

「気の毒じゃな。思いがけないことが起こる」

瀬尾はそう言ったが、何となく話の接《つ》ぎ穂を失ったように思った。そのとき城門の方から提灯がひとつ現われ、ゆっくり二ノ丸の広場を横切ってくるのがみえた。

「やっと参ったようじゃ」

瀬尾は、いそがない明かりの動きから安間に違いないと思いながら、そう言ったが、助太夫は凝然と泉之助の死体を見おろしていて、答えなかった。

二

障子に人影が射《さ》したと思うと、兄の声がした。

「幾、いるか」

「はい」

幾江は、あわててひろげていた喪服を畳んだ。入ってきた惣七郎《そうしちろう》は、その様子を眺めながら、無雑作に胡坐《あぐら》をかいた。昔から行儀が悪い男で、父母が相次いで死亡し、伊並家の当主になってからもそれは変らなかった。

「明日の葬式に行くそうだな」

「はい。大関さまがどうしてもとおっしゃいますので」

「そうか。断わって断われんこともないだろうが、行けば、大関では喜ぶだろうな。あのご夫婦も気の毒なことになった」

「…………」

「着て行くものは、琴のもので間に合うのか」

「はい。ちょうど合います」

喪服は、嫂《あによめ》の琴からの借り物である。兄の言い方はどことなく優しく、幾江は自分がいたわられているのを感じる。兄だけでなく、大関家の不幸があってから、嫂の琴も、七つになる姪《めい》の加乃も、何となく気遣わしげな眼で自分を見守っているのを感じる。加乃はいつも若い叔母をいい遊び相手に、何かといえばそばに寄ってくるのに、ここ二日ばかり遠くから声をかけるようなそぶりをみせている。恐らく両親に言い聞かせられたのであろう。

だが、幾江にはそうされることが幾分面映《おもは》ゆいような気分がある。それは大関泉之助と、まだ心が通うところまで行っていなかったことに理由があるようだった。春先に縁談が決まってからこの秋まで、数度会っている。だが大ていは二人のほかに人がいたし、二人きりにされても、心が浮き立つような感情のざわめきはなかった。話もごく平凡な話題を、少し窮屈な感じをおぼえながら交したという記憶しかない。

ただ一度、泉之助をひどく身近に感じたことがある。実の親に会わせる、と言って、泉之助が岡本村に幾江を連れて行ったときである。泉之助の実父のことは、兄に聞いていたが、泉之助から話を持ち出したのは、意外な気もした。

岡本村は、城下から歩いても四半刻《とき》ぐらいしかかからないところで、途中には雑木林などもある。二人きりで野道を歩くなどというのは初めてだったが、泉之助は先に立ってずんずん歩いた。

幾江がみた東兵衛は、一人の農夫だった。頑丈な肩が前屈みになり、腰も幾分曲がっていた。大きな掌《て》をし、指には皹《あかぎれ》が入っていた。折角訪ねて行ったのに、東兵衛は二人に上がれとも言わず、戸の前で短い言葉を交しただけだった。だが泉之助はそれだけで満足したようだった。帰りにはよく喋《しゃべ》った。その話ぶりから、泉之助が農夫のような実父や、傾いている家を少しも恥じていないどころか、その父をひそかに誇りにしていることが、幾江にはわかった。それが幾江を少し感動させた。泉之助を、悪くない人だと思い、そう思った分だけ、彼に近寄った気がしたのである。

だが、そのことと、泉之助を男として慕う気持とは、また別のものだった。そういう気持から言えば、泉之助にむかう気持は淡いものでしかなかったと思う。何もかも、いたわられて面映ゆい気分は、そこからきていた。泉之助が死んだということが、まだ実感が薄く、悲しみというほどの、気持の湿りがない。幾江の気分の中には、まだあっけに取られているような感じがある。

「ひとつわからんことが出てきた」

不意に顔をしかめて惣七郎が言った。

「お調べのことでございますか」

幾江は小さい声で訊《たず》ねた。惣七郎は、いま大目付の安間権太夫の指揮で、普請《ふしん》場の事件を調べている。だが志田弥右衛門は、あの夜家に運ばれると、意識が戻らないいま絶命したので、調べは難しくなっているようだった。深夜むっつりとした顔で帰ってくる兄をみるだけで、それがわかる。

幾江は、やはり調べの模様が気になったが、家の者が勤め向きのことに口出しするのは憚《はばか》りがある。それで黙っていたが、今日惣七郎は自分からそのことに触れてきたようだった。あるいはそれも、兄のいたわりかも知れないと幾江は思った。

「そうだ。普請場の模様から、志田と大関が喧嘩《けんか》をして相討ちになったというのが、はじめの見方だった。ところが調べているうちに、段だんに辻《つじ》つまの合わないことが出てきての。そして今日になって、志田はともかく大関を斬《き》ったのは、志田でなく別の男らしいとわかった」

「…………」

幾江は眼を瞠《みは》った。

志田弥右衛門と大関泉之助が倒れていた日の夕方、二人が普請場で口論をしたことはすぐにわかった。何人も目撃者がいた。口論は、その日の仕事が終って、七十人ほどいる人夫が一斉に引き揚げはじめた頃に起きた。普請組の者も十人ほどいたが、二人の喧嘩を押さえるほどの器量の者はおらず、そうかといって奉行と大関の争いが済むのを待っている理由もないので、挨拶《あいさつ》だけ残して人夫と一緒に引き揚げたという。

ここまでは、大目付の命令で調べにあたった伊並らの見込みは当っていたわけである。だが、大関の傷が背中にあることに、惣七郎はこだわった。その夜の普請場の模様を検分したのは、大目付の安間である。安間の検分によれば、志田の傷は正面から額を斬られている。倒れている志田を安間は見ていないが、瀬尾以下三名の、当夜の城中宿直の者がそう言ったし、志田が倒れていたという場所の近くに、志田の塗笠《ぬりがさ》が落ちて、三人の証言を裏づけていた。笠は正面のところを深ぶかと斬り割られていた。

大関の死体は、安間が自分で検分している。傷は背にあった。右肩から斜めに背骨に達した、すさまじいひと太刀が致命傷だった。安間はその斬り口に驚いたが、「ひどい斬り合いをしたものじゃな」と言った。安間の頭には瀬尾たちから状況を聞いたときから、喧嘩の末の相討ちという先入観が出来ている。

伊並惣七郎から大関の傷が背中にあることに、不審意見が提出されたとき、安間はこう言った。

「こういうことではないか。口論して大関が背を向けて帰ろうとしたとき、志田が背後から斬った。すかさず振り向いた大関が、今度は真向から志田の額を斬りさげた、と」

「しかし、大関の傷は肋《あばら》を断ちきった重い手傷ですぞ」

「気力があれば、出来んことではない。大関というのは、かの赤松東兵衛の子だそうじゃから、気性は激しかったはずだ」

安間は一応そう言ったが、少し考えこんだあとで、改めて惣七郎らにもう一度その点を含めて事情を調べ直すように命じた。自分でした説明に、やや無理な点があるのを認めたのである。

惣七郎のほかに、久保井と菰田《こもだ》という徒目付が手分けして調べにあたることになった。惣七郎はもう一度、その夜城中で宿直を勤めた瀬尾と藩士二人に会った。そして瀬尾から、志田弥右衛門の刀には血の痕《あと》がみられなかった、という証言を得たのである。この調べは、志田家に行って直接刀をみてきた菰田の調べと合致した。

大関泉之助の背中の傷が、志田に斬られたものでないことが、これではっきりしたわけだった。二人は普請場に再度聞き込みに行った久保井の報告を待ったが、こちらのほうは目ぼしい収穫はなかった。普請組の者は勿論《もちろん》、人夫も一人一人当ったが、新しい事実は出て来なかったのである。口論している二人を残して、みんなが一斉に普請場から出た、という状況は動かないようだった。

ただ仕事が終る頃まで、普請場の近くで馬廻《うままわり》組の者が五、六人、木刀を持って野稽《のげい》古《こ》をしていたと申し立てた者がいた。久保井のしつこい訊《き》き方に辟易《へきえき》して、思い出したことを言ったようだったが、さらに問いつめると、野稽古があった場所というのは、普請場からかなり離れていて、しかも普請の連中が帰る時分には姿が見えなかったと言い、事件に直接結びついている感じはなかった。

志田が大関を斬ったのでないことはわかったが、事件はそのために一ぺんに混迷してしまったようだった。志田が斬ったのではないとすれば、大関は誰かに斬られたのである。あるいは初めから、二人以外の何者かが、二人に襲いかかって斬ったともみられる状況だった。だが後の場合であれば、その何者かは、どこかに手傷を負っている筈《はず》だった。大関の刀には血がついている。大目付と惣七郎たち調べ役は、困惑した顔を見合わせた。困惑は、その何者かの影も摑《つか》めないということと、もうひとつその男が大関か、大関と志田の二人かを斬った動機が、まったく見当がつかない点にあった。

ところが今朝になって、普請組から意外な知らせが入った。

城下南の蔵間《くらま》村からきている、甚蔵という人夫が、意外なことを普請組の者に申したてたのである。甚蔵は、何者かが大関泉之助を斬って、普請場を出て行くのをみたというのであった。

甚蔵は酒好きだった。酒の気が切れるといたたまれなくなるたちなので、人夫として普請場で働くようになると、小さな瓢《ひさご》に濁り酒をつめて腰にさげ、水だと称して時どき喉《のど》を湿した。そのことはしかし、仲間にも仕事を監視している普請組の者にも間もなく知られた。そばに行けばいつでも酒の香がしているのだから知れて当然である。甚蔵は初めの頃、監視役の藩士の眼のとどかない隅の方で、ちびちびと喉を湿したが、日が経《た》つにつれ、だんだんと大胆になって、監視役の眼の前で瓢を傾け、口をぬぐったりした。そして見つかった。

当然叱責《しっせき》された。城内の普請を、一杯機嫌でやっているとは不埒《ふらち》な男だというわけだった。監視役は酒を取り上げた。するとたちまち甚蔵の働きぶりが落ちた。それまで甚蔵の働きぶりは目立つほど勤勉だったのである。甚蔵の組の監視を受け持っている藩士は当惑して、奉行助役の大関に相談した。その結果甚蔵の酒は見て見ぬふりをすることになったのである。

事件があった日の夕方、仕事が終ると甚蔵は、古い石垣の内側に腰をおろし、残っている瓢の酒を呷《あお》った。みんな引き揚げて、後に残った役人が二人、何か言い合いをしているのを、甚蔵は遠くから眺めている。だが険しく言い募るその声も、あまり気にならなかった。あたりは急に暗さを増し、物の形も闇《やみ》に溶けはじめていたが、背を支えている石垣にも、足を投げ出している枯草にも、日暮れまでの日のぬくもりが残っていた。西の空に、血のように赤く染まった、ひとすじの雲が横たわっていて、そのまま動かない。甚蔵はその雲を眺め上げながら、陶然として最後の一滴を舌の上に滴《したた》らした。

不意に、罵《ののし》り声が高くなった。

――おや、あのお二人はまだいるのか。

甚蔵がそう思って首をのばしたとき、薄闇の中に光る物が動いた。二つの黒い影がもつれるように動き、すぐにひとつの影が地面に沈んだ。そのとき、もうひとつの影が急ぐようでもなくその場所に近づくと、残っているもう一人をいきなり斬ったのが見えた。その男が、どこから現われたのか、甚蔵にはわからなかった。

黒い影は、そのまま立ち止まりもせず、すたすたと遠ざかった。ちょうど通りすがりに人を斬って行ったようにみえた。その黒い影が広場の闇に溶けこむのを、甚蔵はふるえながら見送った。枯草を踏んで遠ざかるその足音が、騒然と甚蔵の耳の中で鳴った。足音が全く聞こえなくなるのを確かめて、甚蔵は立とうとしたが、足腰の力がぬけていてすぐには立ち上がれなかった。むろん酔ったからではなく、恐怖のせいである。甚蔵は一ぺん地面に這《は》ってから、やっと立ち上がった。

甚蔵の申し立てで、何者かが二人を襲ったという疑いは消えた。志田と大関は口論から刀を抜いて争闘し、大関が志田を倒し、そしてその直後何者かが、大関を斬って去ったということが確かめられたわけであった。貴重な証言というべきだった。

だが、甚蔵にいくら問い糺《ただ》しても、それ以上のことはわからなかった。顔はむろん、背丈も、肥《ふと》っているか痩《や》せているかも、甚蔵の眼は映していない。ただ、影のようだったというだけである。

「たったひとつわかっているのは、大関を斬ったその男は、武士に違いないということぐらいだ」

幾江は、兄の顔を注意深く眺めながら言った。

「ご家中の方なのですか」

「むろん、そうだろうな。そしてその時刻にあのへんにいた者といえば、普請組の者か、あるいは野稽古をしていた馬廻りの連中しかおらん」

「…………」

「ところが、これまでのところ疑わしい者は一人もいないのだ。馬廻りの野稽古には石凪《いしなぎ》に十分に調べてもらったが、それらしい男はむろん。それに、普請組の者がいうように、仕事が終りになる前に、馬廻りの連中は城に引き揚げている」

「石凪様がそうおっしゃったのですか」

石凪鱗次郎《りんじろう》は、惣七郎とは小さい頃からの道場仲間で、最近いくらか足が遠くなっているが、伊並家にはよく出入りしている。

「そう。石凪の言うことだから、まず間違いない。ところが普請組の中にも、これぞといった不審なものはおらんのだ。いまのところはな」

「…………」

「それに、もうひとつわからんことがある」

「…………」

「大関を斬ったのだから、その男は志田に好意を持った者としか思えんのだが、調べたところ志田に好意を持っている者など、一人もおらんのだな。普請奉行は、元来評判の悪い人だが、こうまで嫌われているとは思わなかった。そういえば、その男は大関を斬ったあと、志田がまだ息があったのに介抱しておらん。それで志田に味方したわけでもないと辻つまはあっているが、しからば何で大関を斬ったかとなると、謎《なぞ》だな。まるで通り魔だ」

惣七郎は、落ちつきなく片方の膝頭《ひざがしら》を動かしている。何かを考えこむときの彼の癖である。その目ざわりな貧乏ゆすりを眺めながら、幾江は、次第に顔から血が引いて行くような感じを受けていた。

事情がのみこめるのと平行して、幾江の心の中に次第に形をととのえてきた疑惑があった。

――まさか、あのひとが？

幾江は兄の貧乏ゆすりの向うに、一つの顔をみている。その日の野稽古に加わっていたという、石凪鱗次郎の、のんびりした顔である。

惣七郎が、大関を斬った男は、志田に好意を持っていたわけではないようだと言ったとき、直感的に幾江の頭に閃《ひら》めいたものである。その男は、志田の相手が大関泉之助だから斬ったのではないか、という考えだった。兄がそのことに気づいていないのが不思議なほどだった。そして浮かんできたのが、石凪鱗次郎の顔だったのである。幾江には、鱗次郎を疑う理由があった。

三

洞林寺《とうりんじ》の寺門がみえてきたところで、葬列が急にとまった。洞林寺は町端《まちはず》れにあって、あたりは田圃《たんぼ》である。道の両側に、三十人ほどの野辺送りの人が塊《かたま》っていて、葬列はちょうどその真中に立ち止まる形になった。

人々がざわめいて、一斉に葬列の前の方をみた。そこに男が一人立っている。丈の高い身体《からだ》に、粗末な野良着《のらぎ》をまとった農夫だった。藁《わら》で束ねた髪も、顔の無精髭《ぶしょうひげ》もほとんど真白で、顔も手足も黒く日焼けしている。農夫はちょうど槍《やり》を握るように、地面に熊手《くまで》をつき立てて道を塞《ふさ》いでいる。

先導していた洞林寺の僧が、困惑したように後を振り向いたとき、大関助太夫が前の方に歩き出していた。

「赤松か。やはり来てくれたか」

助太夫は近づきながらそう声をかけたが、人々は行列をとめた赤松東兵衛の姿から、どことなく不穏な空気が押しよせてくるのを感じながら、助太夫と赤松の姿を見まもった。

葬列に従っている大関家の親族の者は、助太夫から赤松は葬式に出ないそうだと聞いている。助太夫は自分で岡本村まで足を運び、葬儀に出るよう頼んだが、赤松は養子に出した上は、あれはわが子ではないゆえ、葬式に出るいわれはない、と、にべもなく断わったということだった。

——それが、こうして出てきたのは何のためか。

と人々は怪しむように東兵衛をみている。東兵衛は、足半《あしなか》と呼ぶ藁細工《わらざいく》の半草履を無雑作につっかけ、あちこち継ぎあてのある野良着のままである。東兵衛の妻女は八年前に病死していて、その継ぎあても自分で繕ったらしく、みじめな恰好《かっこう》だった。とても葬式に出るつもりとは見えない。

はたして、東兵衛は助太夫の言葉をにべもなくはね返した。

「葬式に来たわけではない。棺の中の死人と、ちと対面したいだけじゃ」

「ここでか？」

「さよう。ここでじゃ」

東兵衛は強引な口調で言った。助太夫はしばらく睨《にら》むように東兵衛を見まもったが、やがてうなずくと、振り向いて、棺をおろせと言った。葬列に従ってきた者も、野辺送りの者も異様な光景にざわめいた。とりわけ洞林寺の僧は、それはなりませんぞ、と声を荒《あら》げたが、助太夫はなだめた。助太夫は、さらに手を上げて、ざわめいている人々を鎮《しず》めた。すると、打ってかわった深い沈黙があたりを埋めた。穂を垂れている稲田のむこうから、鍛冶《かじ》屋の槌《つち》の音が小さく聞こえてくるだけである。

その沈黙の中を、東兵衛は地面に熊手の音を立てながら、死者を納めた棺に近づいた。それから起こったことを、その日大関泉之助の葬列に立ち合った者は、生涯忘れ得ないことになった。

東兵衛は、釘《くぎ》を打ちつけた棺の蓋《ふた》を、太い指で押え上げて隙間《すきま》をつくると、そこに熊手の柄の先をさしこんだ。めりめりと蓋が裂ける音に、女たちは叫び声をあげて顔を覆《おお》い、男たちもざわめいたが、やがてその声は、重いどよめきに変った。

東兵衛は棺を突き倒し、熊手で死体を地面に引き出していた。葬列に従ってきた大関家の親族の者が、さすがに顔色を変えて東兵衛に組みつこうとしたとき、助太夫の声がとめた。

「実の親のすることじゃ。気が済むようにさせよ」

東兵衛は、経帷子《きようかたびら》に包まれた死体を、道の上に引き出し、さらに熊手をひっかけて引きずった。昼近い秋の日射《ひざ》しがその上を隈《くま》なく照らし、それはおぞましい見ものだった。人々は遠くにさがっていたので、道の上に東兵衛と死体だけが残された。

「ごらんあれ、おのおの方」

むかし、御旗組の中里弥三郎と並んで、城中の二大声と言われた東兵衛の大音が、しゃがれてひびいた。

「これが大関泉之助の亡骸《なきがら》じゃ。間もなく土の下のものになる。その前に、おのおの方にしかとみて頂きたいものがある」

東兵衛は、うつ伏せにした死体の背中を覆っている帷子を、熊手の先で裂いた。すでに変色した肌と、その肌に刻まれた赤黒い傷痕があらわれた。

「ごらんなされい。うしろ傷じゃ。赤松東兵衛の伜《せがれ》が、うしろ傷を負うとは、解《げ》せぬことじゃ。これには必ず仔細《しさい》があろう」

微《かす》かに死臭が漂う中で、人々は凝然と東兵衛の声を聞いていた。

「聞けば、伜を斬《き》ったのは志田ではないと申す。むろんのことじゃ。志田は意気地のない男じゃ。刀も、よう抜けまい」

「………」

「だが、伜はこのように死んだ。悪いたくらみがあるぞ、おのおの方。わしには見えておる。この裏にはたくらみがある」

東兵衛のしわがれ声が、不意に喉につまった。

「触れて下され。赤松東兵衛、ただでは済まさぬと。そう申したと町に触れて下され。かならず……」

東兵衛は絶句した。皺《しわ》だらけの黒い顔に、涙が満ちるのがみえた。その涙をみたとき、幾江は動き出していた。東兵衛のそばに行くと、かばうように背を抱いて押した。東兵衛はふり向いて幾江をみたが、押されるままに熊手をそこに捨てて、人の輪の外に去った。身体がひと回り小さくなったようにみえた。

東兵衛をいたわりながら、幾江は激しく胸が騒ぐのを感じていた。野辺送りの人の中に、石凪鱗次郎がいるのを見ている。

――あのひとは、いまの言葉をどう聞いただろうか。

と思った。

石凪鱗次郎は、少年の頃から兄の惣七郎と往《ゆ》き来《き》していた。そういうつき合いの中で、年頃になった幾江が、鱗次郎に淡い恋心を抱いたのは無理のない成行きだったといえる。だが鱗次郎は、幾江のそういう気持に、全く気づいた様子がなかった。顔を合わせれば気軽に、というよりも幾江にいわせれば少し軽薄に思える駄じゃれを飛ばしたりして笑わせるが、それだけのことだった。

惣七郎の話では、鱗次郎は城下で高名な、一刀流の藤川道場の俊才で、おそらく藩中で一、二を争う剣の遣い手だということだったが、幾江には、女の気持もわからない朴念仁《ぼくねんじん》にみえた。大関家から縁談が持ちこまれたとき、幾江がすぐに受けたのは、そういう鱗次郎に、いくらか腹が立っていたせいもある。

そのことを知ったとき、鱗次郎が言った。

「ひどいことになった。俺がもらうんだった」

「もう、遅うございます」

幾江は少し意地悪い気持でそう言った。いまごろそんなことを言うなんて、と心から腹が立っていた。

「そうか。もう手遅れか」

鱗次郎は呻《うめ》くように言ったが、突然幾江を胸の中に抱きこむと口を吸った。鱗次郎を送って出た門の内の、暗がりの中の出来事である。幾江はさからわなかった。男のしたいようにさせた。不貞、ということを幾江は思っていた。男の腕の中に抱きすくめられながら、幾江は涙が溢《あふ》れて困った。それから鱗次郎の足は遠くなって、めったに会うこともなくなっていたのである。

　志田奉行と泉之助が、口論から斬り合いになったとする。それを目撃した鱗次郎は、二人の斬り合いを幸便《こうびん》として、泉之助を斬ったのだ。細身の身体に似合わない、強い腕の力で抱きすくめられたあの夜の記憶が、幾江の中のこの想像を動かないものにしている。

　東兵衛の声を聞いている間、幾江は自分が責められている気がしたのだった。泉之助の死については自分も同罪だという気がした。

　――それにしても、鱗次郎さまはなぜ野辺送りに出たりしたのだろうか。

と思った。泉之助を斬った悔恨に責められて、ひそかに見送ったのかも知れなかった。

「ここでよい」

　東兵衛が言った。太いしゃがれた声だったが、東兵衛は夏に岡本村を訪ねたときにくらべて、一そう年寄じみてみえた。自分をいたわっているのが、あのときの娘だとわかっているようではなかった。

　東兵衛は、幾江を押し戻すようにすると、ゆっくり遠ざかって行った。その腰がいくらか曲っているのを、幾江はしばらく見送り、葬列の方に戻った。狼藉《ろうぜき》をきわめた葬列は、どうにか人々が後を取りまとめたらしく、寺の門を潜《くぐ》るところだった。道を戻ってくる野辺送りの何人かと、幾江は顔を合わせ、黙礼をかわしたが、その中に鱗次郎の姿は見えなかった。

四

鱗次郎はゆっくりした口調で言った。伊並家の茶の間に、鱗次郎は入りこんでいる。惣七郎の妻女の琴は、茶菓を出しただけで、二人だけの話があると察しをつけたらしく、奥に引っこんでしまった。

「あれはな、伊並。ただの傷ではないぞ」

鱗次郎は、今日惣七郎に頼まれて、大関泉之助の葬式を見に行ったのである。野辺送りには、普請《ふしん》組の者が立つ筈《はず》だった。その様子を窺《うかが》ってきてくれと、惣七郎が頼んだのである。惣七郎たち御徒《おかち》目付の調べはいま、普請組の者に向けられていて、それも裏からひとりひとりひそかに洗っている段階だった。かりにその中に大関の死にかかわり合った者がいるならば、野辺送りに惣七郎が顔を出すのはまずかったのである。

鱗次郎は、普請組の者たちの間に立ちまじってひそかに様子を探ったが、別に怪しいそぶりの者はいなかった。そのかわりに、ああいう異様な出来事に出遭い、思いがけなく死人の傷を見ることになった。

ひと通り様子を報告してから、鱗次郎が改めてそう言ったのは、死人の傷が、思いがけないものだったからである。

「ただの傷ではないということは、どういう意味だ？」

と惣七郎は言った。いつもの貧乏ゆすりが出ている。

「よほど腕の立つ者がやったことだ」

「それは、確かか」

「間違いない」

二人は顔を見合わせた。

「石凪。馬廻りの連中はかかわりないというのは確かだろうな」

「むろんだ。前に言ったとおりだ」

「しかし、普請組にそんな男がいるか」

「聞いたこともないな」

鱗次郎は言って首をひねった。普請組は、役持ちをのぞけば、あとはどんぐりの背くらべの軽輩ぞろいである。むろん軽輩だから、剣術が下手とは言えない。げんに藤川道場と並べていわれる大門町の佐治道場には、奥田運平という逸材がいて、奥田は御旗組で十五石という軽輩である。

だが、普請組の者は、仕事柄人夫の頭と酒を飲んだり、中には人夫に立ちまじって博奕《ばくち》を打っていたなどといかがわしい噂《うわさ》もあって、ほかの組とは一風変ったところがある。そして鱗次郎の頭の中には、藩中で剣の達者な連中の名前は大概手落ちなく記憶されているが、むろんその中に普請組の名前はないのだ。

鱗次郎は、琴がいないことをいいことに、だらしなく胡坐《あぐら》の膝を立てて、腕で抱くと、言った。

「普請組に見当をつけたのは、間違いではないのか」

「しかし連中は二人の口論を聞いている。誰かが気にして戻ってきたとしても、不思議ではない」

惣七郎の貧乏ゆすりがはげしくなった。

「とにかく一人一人全部裏から調べてみる。案外な素姓の者がいないとも限らんしな。それにだ、そうでもしない限り……」

惣七郎は眼をあげて、絶望的な顔をした。

「馬廻りはむろん、あの日城に詰めていた人間を全部調べなければならん」

「そういうことになるな」

「そんなことが出来るわけがない。ところで赤松東兵衛だが……」

物七郎は、鱗次郎を見つめた。

「この一件にはたくらみがある。そして彼にはそれが見える、と言ったわけだな」

「確かにそう言った。だがはったりかも知れん。だいぶ逆上していたからな」

「しかし聞き捨てにはならんな。明日にでも行って確かめるか」

「ごくろうだな」

「ごくろうだなって、おぬし。もう手伝う気はないのか」

「いや、俺にも勤めがある」

「何も勤めを休んでまで手伝えとは言っておらん。手が欲しいときは手伝え」

「考えておこう」

鱗次郎がそう言ったとき、玄関に人影がさし、すぐに茶の間に幾江が顔を出した。

ただいま、と言ったが、鱗次郎をみると幾江の顔がこわばった。挨拶《あいさつ》もなしに、幾江は逃げるように自分の部屋にしている離れの方に去った。

「なんだ、あいつは。無礼なやつだ」

と物七郎が言った。鱗次郎も首をひねったが、苦笑して言った。

「なにか、こちらに文句があるらしいな」

「そのようだ。まったく礼儀知らずだ。こういうことがあって、少しいたわっているのだが、つけ上りよって」

「向うへ行って、わけを聞いてもいいか」

「いいとも。がんと言ってやれ」

と惣七郎は言った。言いながら、惣七郎は二人の間には何かわけがありそうだと思っていた。

声をかけて鱗次郎が離れに入ると、幾江は正座して待っていた。

「おいでなさると思っておりました」

「挨拶もないとは、少し厳しいな。いつからそのように嫌われたかな」

「わけはご存じでございましょ？」

「はて？」

「ほかの方はごまかせても、私の眼はごまかせません」

鱗次郎は幾江をじっと見詰めた。幾江の顔は青白く緊張している。膝《ひざ》においた手が固く組み合わされていた。

「何のことか、わからんが……」

「わからなければ申しあげてもようございますよ」

「では、言って頂こうか」

「ま」

幾江の顔に、パッと血の気がのぼった。幾江はあたりをはばかるような、囁《ささや》き声になって言った。

「そのようなおとぼけは、おやめあそばせ。わたしにはわかっております」

鱗次郎はあっけに取られた顔で幾江を見返した。

「べつにとぼけてなぞおらん。何を、そう意気ごんでおられる」

「あなたさまでございましょう」

幾江はにじり寄るように膝をすすめ、いよいよ小声になった。

「泉之助さまを、お斬りになったのでございましょ？」

「これは驚いた。めったなことを申すものではない」

鱗次郎はうろたえたように、手を振った。

「誰がそのようなことを申した。それとも幾殿ご自分のお考えか」

「私が推察いたしました。まだ兄にも話しておりませんが、私にはわかっております」

「何がわかっているのか知らんが、どうも妙なことを考えつかれたものだ。拙者は人を斬ったりはしておらん」

「でも、泉之助さまが斬られた時、お近くにおられたそうではありませんか」

「近くにはいたが、馬廻りの連中は一同七ツ（午後四時）過ぎには城に引き上げている。そのあとは組頭に届けてそれから下城した。泉之助殿があああいうことになったのは、我われが城に帰った丁度そのころだと申すではないか」

「………」

「拙者をふくめて、馬廻りには怪しい者は一人もおらん。そのことは、惣七郎に十分話してある」

幾江は、まだ疑いの晴れない眼で、じっと鱗次郎を眺めている。

「困るのう、そのような眼で見られては。なるほど、大関に先を越されて、しまったとは思ったがの」

鱗次郎はバツの悪い顔になって、顎《あご》をなでた。

「しかし一たん決まったものは致し方ないしな。男はあまりじたばたはせん。しかし会えば妄念が起こらんでもないから、こちらにもあまり邪魔しないようにはしていたが、だからといって、まさか大関を斬ったりはせんぞ」

聞いてみると幾江は、自分がとんでもない思い違いをしていたようにも思われてきたが、それで疑念がすっかり晴れたわけではなかった。門の内で、急に抱きすくめられた記憶は、幾江にはまだ新しい。それは甘美で罪深い色彩を帯びて、いまも心の底にしまわれている。男がそのことをすっかり忘れたとは思えなかったし、忘れたとしたら許せない、という気持がある。

幾江は、いくぶん意地悪い気持になって、こう言った。

「そうならようございますが、でも私は泉之助さまを斬った人が出て来ない限り、あなたさまのおっしゃることも、そのままには信じられません」

五

「そんなことも知らんのか」

赤松東兵衛は、振りむいてそういうと、持っていた薪割《まきわり》を、はっしと大きな薪に打ちこんでから、そばにある石に腰をおろした。

「志田だけでない。郡代の滝沢善助、郡《こおり》奉行の穂刈主計、代官では大隅郷の吉野角左衛門、白田郷の櫛田《くしだ》六蔵、みんな組頭と結託している一味だ。それも知らんで、よく目付が勤まるの」

東兵衛は、じろりと惣七郎を見据えて言った。

惣七郎は、一昨日の大関泉之助の葬儀に現われた東兵衛が、今度の事件について心当りがあるようなことを言った、という鱗次郎の話を確かめに、東兵衛を訪ねてきている。惣七郎がその話を出すと、東兵衛はいきなり、事件の後で組頭の丹羽内記が糸を引いているのは間違いない、と言い、大声で内記の悪口を言いはじめたのである。

丹羽内記は、家老職にのぼるだけの行政的な手腕と家柄に恵まれ、事実何度か藩主から家老職就任を命ぜられながら、固辞して二十数年組頭の地位にとどまっている人物である。しかし一方で組頭の古参として、執政会議にも加わり、その発言は、時に家老の諏訪《すわ》、寺内といった人々よりも重いとされている実力者でもあった。

丹羽が家老にもならず、執政府の中枢《ちゅうすう》にも坐《すわ》ろうとしないのは、それが蓄財に有利なためで、丹羽は要所要所の役持ちと結びついて、ひそかに藩庫から財をかすめ取って私腹を肥やしている、と東兵衛は言う。

「領内に豪農、豪商は多いが、丹羽の富裕は彼らに劣っておらん。嘘《うそ》だと思ったら、一ぺん調べてみたらよかろう」

「まさか」

「まさかだと？」

東兵衛は惣七郎を睨《にら》んだ。

「そういうことを言うと、笑われるぞおぬし。丹羽はここ二十数年、ぬかりなく金を溜《た》めてきた男だ。家老になどなるわけがない。奴《やつ》の楽しみは金だ。それはいま始まったことではない」

「それで、どうして今度のことが組頭と結びつきますか」

「死ぬ半月ほど前に、泉之助がこっそりわしを訪ねてきた。志田奉行に不正がある、という話をしに来たのだ。仕事の進み具合が、当初の段取りにくらべて遅い。気になるので、勘定方の元締に言って帳簿を見せてもらったら、藩に書き上げて出した人夫の数と、普請場の人数が合わなかったのだと」

「ははあ、すると人夫の雇銭を、普請奉行が懐《ふところ》にと？」

「むろん、そうだ。普請がのびれば、それだけまた藩庫から出してもらうだけの話だ。そういうことは、恐らく志田はこれまでもちょいちょいやってきている筈だ」

「しかしそれがまことなら、いやしい話ですな」

「いやしいなどと言っておっては、金は溜まらん。そうして得た不正の金を、彼らは組頭に運び、そこから分け前を頂く。次にまた組頭の丹羽が蛇ノ目川土堤《どて》を繕ったり、橋をかけたりする仕事を考えるわけだ。中味は腐り切っている」

「信じられませんな」

「信じられないとは鈍い男だ。貴公は、まことに御目付か」

東兵衛は立ちあがって、しゃがれ声を張り上げた。

「泉之助は、間違いなくそのことで志田とやり合ったのだ」

「わかりました。しかし仮りに組頭の手が動いたとしても、それでは大関を斬《き》ったのは何者ですか。心当りがあれば、教えて頂きたい」

「そこから先は、貴公の役目じゃろうが。何を言っておるか。それがわかれば、こうして薪など割ってはおらん。早速その男を訪ねて、打ち果たすまでじゃ」

「………」

「いよいよその男が見つからんとなれば、わしは丹羽の屋敷に斬りこむかも知れんぞ。どうせあの男が猿回しだということは解っている」

「それはお慎み頂きたい」

と惣七郎は言った。

「我われも必死に探索しているところで、いずれすべてが明らかになろうと存じる。軽率な斬り合い沙汰《ざた》は自重して頂かんと困る」

惣七郎は城下に戻ると、真直《まっす》ぐに大目付安間権太夫の屋敷に行った。安間の屋敷は、そのまま大目付の執務役所になっている。

「赤松はどう申した？」

惣七郎を迎えると、それまで惣七郎の同僚の菰田と話していた安間が、顔をあげてそう言った。

「それがどうも、無駄骨だったかも知れません」

惣七郎は、少し苦笑して言った。

「今度の事件のうしろには、組頭の丹羽様がいる、というのが赤松の考えです。しかしそれでは誰が大関を斬ったかということになると、老人にも全く見当がついていない模様です」

惣七郎は町に帰る途《みち》みち、しきりに赤松東兵衛が示唆《しさ》した、丹羽と事件とのつながりについて考えたが、それは志田と大関の口論の中味を示唆してはいるものの、大関を斬った影のような男の存在に照明をあてるものではなかった。丹羽に対する悪態にしても、冷静に考えてみると、多分に惣七郎を煽《あお》り立てるような気味もあったのである。

惣七郎はそのことを思い出しながら、それでも赤松が言ったことを、詳細に述べた。

安間は言葉をはさまず、うなずいて聞いていた。安間は長身で、面長の品のいい顔をしている。惣七郎が話し終ると、

「すると志田と大関の口論は、人夫の数にからまる不正からと見ていいようだな」

と言った。

「そのように考えてよろしいかと存じます」

「ま、それでひとつだけはっきりしたわけじゃ」

惣七郎は、安間が組頭の丹羽について、もっと何か言うかと思ったが、安間はごくろうだったと言って話を打ち切った。

「それでは、こちらの方を続けようか」

安間は菰田の方を振り向いた。

「結局、はっきりしていないのは、この二人ということになります」

菰田は、畳に置いた帳簿を指でつついて言った。惣七郎がのぞきこむと、それは普《ふ》請《しん》組の名簿だった。

「芦川《あしかわ》新左衛門は、驚いたことに丹石流の免許取りでした。落合町の篠部《しのべ》という道場で、城下では目立ちませんが、道場主の篠部弥一郎という人物は、ほかの道場主の話を聞きましたところ、技倆《ぎりょう》も人間も傑出している由《よし》です。従いまして芦川の剣の腕前

は相当のものと思われます」

しかし芦川新左衛門の日常に、別に変ったところはなく、いまは石垣普請を監督しているが、夕刻家に帰ると、あとは外に出ることもないようだと菰田は言った。

「いま一人は野伏町に住む平賀藤太で、はっきりしていないというのは、前歴だけのことで、いまのところ別に不審なところは見えません。芦川と同様に、朝普請場に出てきて、夕刻家に戻るだけの暮らしです」

「前歴がわからないというのはどういうことかな？」

「平賀の父親は定府《じょうふ》で、江戸屋敷に勤めていた者ですが、平賀は父親が死んで跡目を継ぐと同時に国元に呼ばれて、普請組に入っております。ゆえに剣が出来るかどうか、といったことは、同僚の者も知らないと申しております」

「それは江戸に問い合わせれば解《わか》るな」

「そう致しますか」

「こちらでもわからんこともなかろうが隠密《おんみつ》に調べたい。至急に問いあわせてくれ。気性などに、変ったところは見えないか」

「私は平賀に二度会いましたし、仕事ぶりも見ておりますが、これといった変ったところはなかったと思います。家には女房と子供二人がおり、裕福ではありませんが、並に暮らしているようです」

「平賀が国元に来たのは、いつのことだ？」

「五年前です」

菰田はよく調べている、と惣七郎は思った。久保井と惣七郎も、手分けして普請組の者を調べたが、調べてみるとひと口に普請組といっても、小金を貸して、見た眼よりも裕福に暮らしている者がいたり、家族が多いために、非番の日は内職をする者がいたりさまざまだった。しかし惣七郎の受け持ちにも、久保井の受け持ちにも不審な者はいなかった。みな素姓の知れた人間で、とくに剣術を習ったという者もいなかったのである。

菰田の調べが最後で、菰田は、ともかくまだ調べが必要だと思われる、二人の人間を探し出したわけだった。

六

赤松東兵衛が何者かに斬殺《ざんさつ》された、と届け出があったのは、月が改まった十月一日の朝だった。調べにあたった役人も、代官手代も、東兵衛がもと武家身分の者だったことを知っており、また東兵衛の死に物盗《ものと》りの仕業とは思えないところがみられたので、城に届けた処置は早かった。

安間から検分を命ぜられた惣七郎は、まだ登城前だった石凪鱗次郎を同行して、岡本村にいそいだ。

「大関を斬った男と、同じ人間だと思っているわけだな」

と鱗次郎が言った。はじめ、ちょっと渋った鱗次郎も、村に近づくに従い、熱心な表情になった。幾江に、大関を斬ったと疑われたこともあって、鱗次郎は惣七郎らの調べになみなみでない関心を抱いている。幾江の疑いはばからしいものだったが、それなりの理屈は通っていると認めざるを得ない。本物が現われて、すっきりしたいという気持がある。

「見ないことには、何とも言えんが、その疑いは十分ある。あのあばら家を物盗りが襲うとは思えんし、とすれば赤松が殺されたのは、前の事件とつながっているとしか考えられんからな」

「その得体の知れない男が現われたかな」

「そこを鑑定してくれ。おぬしは大関の傷から尋常の遣い手でないと判断したのだから、赤松の死体をみたら、何かがわかるだろう」

「さあ、それこそ見ないことには、どうとも言えんぞ。殺されたのは昨夜か」

「そのようだ」

二人が歩いて行く道の左右には、刈り取られた稲が杭《くい》に架けられ、一列に田の畦《あぜ》に干されて、日射《ひざ》しを吸っている。その間を、翅《はね》を光らせたとんぼが飛び回っていて、行く先に血なまぐさいものが待っているとは思えない、穏やかな朝だった。

惣七郎と鱗次郎は、村役人が縄で囲いをしてある赤松の屋敷に入り、代官所の人間とそこそこに挨拶《あいさつ》をかわすと、家に入って死体をあらためた。

傷は、右肩から深々と胸を斬った一撃だけだった。その一撃が、赤松の命を奪ったことは間違いなかった。惣七郎は、まだ傷口をみている鱗次郎を残して、立ち上がると家の中を見回し、狭い戸口を潜《くぐ》って外に出た。もとは潰《つぶ》れた百姓家の納屋《なや》だったという赤松の家は、柱が傾いているようなひどい住居だった。狭くて暗い。外に出ると、明るい日射しに眼がくらむようだった。

「お調べは済みましたか」

さっき関口と名乗った、代官所の役人が寄ってきて、そう言った。四十恰好《かっこう》の、容《よう》貌《ぼう》も身なりも地味な男だったが、こういった事件には馴《な》れていないらしく、浮かない表情をしている。

「大体済みましたが」

惣七郎は、あたりを見回しながら言った。赤松の屋敷は、家は小屋同然だが、庭はひろい。その庭に薪が積み上げてあったり、白菜や豆の畝《うね》が並ぶ畑が、雑然とした色を乱したりしている。

「ちょっとご免」

惣七郎は断わって、庭を歩いた。薪が崩れて散らばり、畑も踏み荒されている。赤松東兵衛は、襲いかかってきた者と、手強《てごわ》く渡り合った模様だった。

――これは草鞋《わらじ》だ。

柔かい畑の土に残された足あとをみて、惣七郎はそう鑑定した。襲ってきた者は、厳重に身ごしらえをしてきたようである。もう一方の跣《はだし》の足あとは赤松のものだと思われた。

惣七郎は、関口のそばに戻ると、村の者が見つけたとき、赤松の死体がどういう状況だったか知りたいと言った。

「それが、私が来たときにはもう、家の中に運び入れてあったもので。お待ち下さい」

関口はそう言い、戸口から首を突っ込んで、中にいる村役人を呼んだ。勘助という、岡本村の長人《おとな》が出てきて、惣七郎の質問に答えた。赤松は、畑の里芋の葉の蔭《かげ》に、顔を突っこんだ形で、仰向けに倒れていて、足は跣だった。そばに刀が落ちていたが、家の中に鞘《さや》が捨ててあったので、赤松のものだと解った。家の前の道を通りかかった一人の百姓が、倒れている赤松を見つけたのだが、むろん発見したときは死んでいた、と勘助は答えた。

惣七郎が聞き取りを終ったとき、家の中から鱗次郎が出てきた。惣七郎は、後の始末を村役人に頼んで、鱗次郎と一緒に赤松の屋敷を出た。

「どうだった？」

と惣七郎は言った。

「間違いない。この前と同じ人間だ」

鱗次郎は断言したが、何かひっかかったような顔をしている。言おうか、言うまいか迷っている顔色をみて、惣七郎が言った。

「ほかに、何かわかったことがあるのか？」

「いや、わかったというのではないが、あの袈裟《けさ》がけの斬り口がひっかかる」

「憶《おぼ》えがあるのか」

「そういうことではない。どこかでそういう遣い手のことを聞いたような気がする」

「それは本当か。おい、思い出さんか」

「そう言われても、急に思い出せるわけはない。ただそういう気がするだけで、さっぱり見当がつかん」

鱗次郎は眉《まゆ》をしかめた。

安間の屋敷に行って、報告を済ませたあとで惣七郎は改まった口調で言った。

「石凪の鑑定を信用して、同じ人間の仕業だとすると、二つの事件は明らかにつながりがあると思われますが、しかし赤松をいまごろ殺害したというのは、どういうわけからでございましょうか」

「心あたりは、ないでもない」

と安間が言った。安間は大目付という職掌に似合わない、穏やかな風貌をしているが、感情を表に出すことがない。その冷静さが、やはり一藩の大目付にふさわしいともみえる。

「昨日、月番家老の引き継ぎがあって、わしも志田と大関の一件の成り行きを報告した。そのおりに、赤松の言い分にも触れ、そういう見方もあると申し上げた。あるいは、それが赤松を殺すことになったかも知れんな」

惣七郎は眼を瞠《みは》った。

「大目付が申されたことが、ほかに洩《も》れたという見込みですか」

「そうとしか思えんな」

「引き継ぎは、寺内様からどなたに」

「諏訪様だ」

寺内内蔵太は平家老だが、諏訪六郎左衛門は筆頭家老である。

「その席に、ほかにどなたかおられましたか」

「伊並の知りたいことは解っておる」

と安間は言った。

「だがお二人のほかには誰もおらん。わしの報告は機密のことゆえ、係りの祐筆《ゆうひつ》も遠ざけて申しあげた」

「………」

「お二人のうち、どちらかが組頭に洩らしたわけだろうな。それも早速にだ」

「すると、死んだ赤松が申した組頭についての話は、事実でございますか」

「わしがこれまで調べて来たことと、大体合っておる。それに、赤松が殺されたことで、いよいよそれが真実だと、むこうで認めた具合になったな」

「………」

「丹羽殿が、藩中に閥をかまえてひそかに利を貪《むさぼ》っていることは、わしも以前から気づいて調べておる。しかし家老から早速に機密が洩れる有様でもわかるとおり、組頭が培《つちか》った根は深い。ぬからず証拠を固めないことには、暴《あば》きたてるのがむつかしいという状況になっておる」

「…………」

「しかし、これまでは悪だくみで済んだが、このたびは人が三人も死んでおる。これは考えようによっては、相手がボロを出したということでな。そこの弱味をつけば、丹羽殿の首根を押さえられんものでもない」

「その男をつかまえて、白状させるわけですかな」

「白状するかどうかはわからんが、とにかくその男を突きとめる。それが組頭を追いつめることになるのは確かじゃな」

「しかしその男のことは、まだ皆目正体が知れませんが、菰田が言ったあの二人は、その後いかがですか」

「まだ確かな調べはついておらん。だが、大関を斬《き》り、実父の赤松を斬った男が、必ず姿を現わすという手がないではない」

「まことですか」

惣七郎は、怪しむように安間の顔をみたが、大目付は自信がありそうな表情だった。

「よいか。赤松を殺したのは、普請場の一件でキナ臭い匂《にお》いを立てた火を、それ以上燃えひろがらんように、組頭の方で手を打ったと思われる。つまり普請場のことは、志田と大関の私闘で片づけたいのが、彼の考えだ。この前城中で顔が合ったとき、わしにもそれとなく圧力をかけて来おった」

安間は、はじめて笑顔になった。

「ま、それはそれとして、そういうのが彼のというか、彼らのというか、連中の考えだ。ところが、それが私闘による相討ちでないことについては、抜きさしならない証人がいる」

「甚蔵ですな」

「さよう。人夫の甚蔵だ」

安間はゆっくりした口調で言った。惣七郎は胸が騒ぐのを感じた。彼らが、大目付の言うような考え方をしているとすれば、あの酒好きの甚蔵は、きわめて危険な立場にいる。何者かの姿をみたという甚蔵の証言から、大目付以下が志田と大関の一件を調べていることは、組頭の丹羽には無論わかっている。

「甚蔵が、赤松のように殺されていないのは、誰かが大関を斬るのをみたが、顔は暗くて見えなかった、と言っているからだ」

「さようでございます」

「そこでもし、甚蔵が、じつは顔をみたと申したらどうかな？」

「そう申したら、甚蔵は殺されますぞ」

「わしは組頭に罠《わな》をかけてみようかと思っている。甚蔵は、じつは顔をみたが、こわくて喋《しゃべ》れんでいたらしい。締めあげてみようと思っている、とな」

「しかし、それは危険ですぞ。みすみす甚蔵を危険に追いやるようなものです」

「むろん、十分に手配りして、甚蔵を護《まも》らねばならん。その手配りは伊並に頼もうではないか」

「しかし……」

「危険な罠だが、姿も見えない、その何者かが、これで甚蔵のまわりに現われることは確かだ。またそうなれば、それが組頭の指図だということも明らかになる。やってみようではないか」

七

急ぎ足で執務部屋に入ってきた菰田が、安間の前に坐《すわ》った。

「江戸から飛脚が届きました」

菰田はそう言って、懐《ふところ》から巻紙を取り出すと、安間に差し出した。

「結末を申しますと、平賀には不審な点がございません。お読みになりますか」

手紙は江戸藩邸の守谷という納戸《なんど》役からのもので、平賀の江戸藩邸当時のことを記していた。守谷は国元にいたとき徒目付《かち》をしていた者で、そういう調べには慣れている。それによると、平賀は跡目を継ぐと、父親の生まれた土地である国元に、自分から願って帰ったもので、また少年の頃は学問には精出した時期があるが、剣術の道場には通っていない。平賀の家族は藩邸の長屋を頂戴《ちょうだい》して住んでいたので、以上のことは間違いない、と手紙は書いていた。

「芦川も怪しい節はないと申したな」

「は。仰せのとおり小者を雇いまして、厳しく監視させておりましたが、晦日《みそか》の夜、つまり岡本村で赤松が殺害された晩は、家を一歩も出ていないことが確かめられております。また同僚の噂《うわさ》、道場での評判も入手しましたが、きわめて温厚な人柄ということは動かないようで。まず疑いからはずして差支《さしつか》えないかと存じます」

「芦川もかかわりなく、平賀は剣術を習っておらんと……」

安間は顎《あご》を撫《な》でたが、不意に愕然《がくぜん》としたように菰田と、少し離れたところから二人を見つめている久保井に眼を走らせた。

「今夜蔵間村の甚蔵を、何者かが襲うだろうという確信は動かんのだが。すると、行くのは何者だ?」

久保井が膝《ひざ》を滑らせ、にじり寄ってきた。

「丹羽殿に、今日話されたのですか」

「さよう。きわめて巧妙にな。罠をかけてやった。甚蔵が、人夫仲間にじつはあのとき顔をみていると洩らしたと聞いたから、明日にでも甚蔵を取り調べると、そう世間話のように申してやった」

「丹羽殿は、何か言われましたか」

「何も言わんさ。気もなさそうにうなずいておったが、わしが明日と言ったからには、刺客は今夜行くにはきまっている。しかし、誰が行くのだ?」

安間はもう一度言った。三人は言いあわせたように、庭に面した障子の方をみた。

日脚が短くなって、日射しが衰えたと思うと、たちまち暮色が訪れてくる。障子は白っぽく、暮れいろを示していた。

その頃伊並惣七郎と石凪鱗次郎は、蔵間村の甚蔵の家にいた。甚蔵には一応わけを話してあるが、女房と子供には怯《おび》えるといけないので内緒にした。しかし色が黒く肥《ふと》った女房は、話さなくとも怯えていた。理由もわからずに、城下から侍が二人も来て、しかも亭主の甚蔵は屈託ありげな顔で、ろくに喋りもしない。

「さて、外に出るか」

甚蔵の家では行燈《あんどん》をともさない。赤々と燃える炉火のあたりで、雑炊を食べ、やがて女房が繕い物を出してきたのをみて、鱗次郎が言った。甚蔵は炉端に胡坐《あぐら》をかき、うつむいて白湯《さゆ》を飲んでいる。

「甚蔵、ちょっときてくれ」

と惣七郎が言った。三人は外に出た。外はもう闇《やみ》に包まれている。

「われわれはこれからずっと外で見張る。そこで家の中へ入ったら内側から心張棒《しんばりぼう》をかってよい。誰かがきて、呼んでも決して外に出てはならん。物音が起こったら、それがやむまでじっとしていろ」

「はい」

「べつに顫《ふる》えることはない。いつもと同じにしておればいいのだ」

甚蔵はうなずいて頭をさげると、家の中に入った。わけを話すといっても、まさか誰かがお前の命を狙《ねら》ってくると、全部話すわけにはいかない。この前普請《ふしん》場《ば》で大関を斬った男を捕まえようとしているところだが、お前はかかわり合いがあるから、藩で身辺を警戒することになったと言ってある。

「少し地形を調べよう」

と鱗次郎は言った。甚蔵の家はうしろが山で、前が村の道になっている。道からすぐ狭い庭になり、戸口になる。ところが、家の横にも、山の方に伸びている小道があって、そちらでも生垣が一カ所切れて、人が出入り出来るようになっている。

「われわれがきているとは思わないはずだから、まず正面からくると思うが、横から入って裏口に回るということも考えなければならんな」

と鱗次郎が言った。闇も、眼が馴《な》れると、物の形は見わけがつく。鱗次郎はもう羽織を脱いで、上からはおるだけにしていた。

「それでは二手に別れるのか」

と惣七郎が言った。惣七郎は立ったまま、ひくひくとせわしなく膝を動かしている。

「その方がいいだろう。俺はこの生垣の陰にひそむから、おぬしは横に回ってくれんか。もしそっちに現われたら、大声で呼べ」

「よし、心得た」

「それからな。その貧乏ゆすりは止《や》めた方がいいぞ」

惣七郎は黙って横手の方に去った。鱗次郎は石を探し求めて、生垣の下に置くと腰かけた。何刻《なんどき》になるかわからないが、こうして場合によっては朝までも、やってくる敵を待つわけだった。惣七郎に頼まれて、貧乏くじを引いたとは思っていない。殺された二人の傷から推して、かなりの遣い手に相違ない敵に対する、好奇心がある。

最初に大関泉之助の傷をみたとき、鱗次郎は藩中で剣の遣い手といわれている男たちの顔を、次々に思いうかべてみた。しかしどの顔も、あのすさまじい傷に似つかわしくなかった。未知の、たとえば疑いが晴れたと聞いた篠部道場の芦川のような剣の達者が、まだ藩中にいると思わないわけにはいかなかった。

――おそらくその男と、命のやりとりをすることになるだろう。

鱗次郎はそう思い、突然毛穴がざわめくような緊張感に襲われた。それは未知の敵に対する怖《おそ》れだったが、鱗次郎の腕を信用して、二人だけでいいと言い切ってきた惣七郎を裏切るわけにはいかない。それに幾江に対する面目もある。待つしかなかった。

鱗次郎は耳を澄まし、まだ何の物音も聞こえて来ないのを確かめると、甚蔵の家の窓を窺《うかが》った。あたたかそうな火の色が、障子に揺れているのは、甚蔵たちがまだ火のそばに起きているのだろう。

——あの者たちを護らねばならん。

鱗次郎は、やってくる男の凶悪さを思い、改めてそう思った。

そのまま時が経《た》った。鱗次郎は総身が冷えこむのを感じ、立ち上がるとそっと身体《からだ》を屈伸して、手足に血を送った。すると、不意にぼんやりと庭に人影が立った。

「俺だ」

鱗次郎が身構えるのをみて、影が囁《ささや》いた。惣七郎だった。

「寒くてかなわん。それに一人でいると眠くなる」

「ばかな！　持ち場を離れてはいかん」

そのとき鱗次郎を襲ったのは、敵がすでに来ているという直感だった。

「来い」

言い捨てると、惣七郎が持ち場にしていた、横手の生垣の入口に走った。同時に家の中で悲鳴があがった。鱗次郎はまっしぐらに裏口に走った。

すると、黒い影が裏口の戸に体当たりしたのがみえた。大きな音がし、家の中でまた鋭い悲鳴がした。黒い影は、はずれた戸をまたいで、無造作に中に踏みこもうとしたが、鱗次郎たちが駆けつけるのを認めたらしく、身をひるがえして家の横手に逃げた。

「追え、角に気をつけろ」

鱗次郎は惣七郎に声をかけると、逆の方に走った。鱗次郎が庭に出たとき、黒い影は生垣の入口に走っていた。

「待て」

鱗次郎が声をかけると、黒い影は不意に立止まって、こちらを向いた。そのままじっと立っている。

「どうせ逃げ切れはせん。ここで勝負しろ」

声をかけて近づきながら、鱗次郎が刀を抜くと、相手も刀を抜いて身構えた。頭巾《ずきん》もかぶっていないが、暗くて顔は全くみえない。

「俺にまかせろ。そこで見ていてくれ」

鱗次郎は駆けつけた惣七郎にそういうと、草履をぬぎ捨てて足袋だけになった。黒い影はひっそりと刀を構えている。刀身だけがぼんやり光って、微動もしないのが無気味だった。

鱗次郎は、踏みこんで敵の小手を狙った。小手を斬る狙いではなく、敵の動きをみるつもりの誘いだったが、相手はすっと一歩引いただけだった。無駄のない動きにみえた。鱗次郎の踏みこみは、その動きで無意味にされていた。

——強敵だ。

鱗次郎は身体がひきしまるのを感じた。長い睨《にら》み合いになった。二人はゆっくりと右に回った。そこで元の位置まで一周したとき、突然敵が打ち込んできた。青眼《せいがん》から、いきなり眉間《みけん》に切先が伸びてきた感じがした。反射的に鱗次郎も刃を合わせ、鋭い打ちこみを胴に入れたが、相手は巧みに身をひねるようにして避けた。そのまま早い摺《す》り足で、庭の隅に退いて行く。鱗次郎は小幅に足を送りながらその姿を追ったが、敵がぴたりと足をとめたとき、半歩とも言えない足幅で、踏みこみが過ぎた気がした。

ぞっと総身に冷や汗がふきだしたとき、敵の剣が斜め上段から、すさまじい刃鳴りをのせて襲ってきた。

——斬られる。

そう思いながら、鱗次郎は身体を沈めると相手の腹に向かって、機敏な突きを入れた。その突きが、敵の打ち込みを僅《わず》かに短くした。打ちこみながら、敵は足一本で身体をひねって、鱗次郎の突きをかわしている。腕に鋭い痛みが走ったのを感じながら、鱗次郎はその足一本の乱れを突く第二撃を、相手の胴に叩《たた》きつけていた。黒い影が、横転した。

「大丈夫か」

惣七郎が駆け寄ってきた。

「うむ。手強《てごわ》い相手だ」

鱗次郎は太い息をついた。

「何者だ、いったい」

惣七郎は腰を探って火打石を探ったが、舌打ちして、

「待て。いま火を持ってくる」

と言うと戸口に駆けて行った。低い呻《うめ》き声が暗い地面を這《は》っている。鱗次郎は、懐紙《かいし》でゆっくり刀身を拭《ふ》いて鞘《さや》におさめながら、さっき斜め上段から襲ってきた剣のことを考えていた。迫力のある打ちこみだった。あそこで、相討ちを覚悟した突きを入れなかったら、斬られていたかも知れないと思った。

すると、岡本村に赤松の死体を見に行ったときの疑問が、また頭を持ちあげてきた。そういう剣を得意とした遣い手のことを、以前聞いた記憶があった。それもずっとむかしに。

「そこもとは、誰だ？」

鱗次郎は、みじめに地面に横たわっている男に低く声をかけたが、答えはなかった。火が走ってきた。惣七郎が、いろりから燃え木を摑《つか》んできたのである。

「…………」

「…………」

二人は声をのんだ。火明かりに照らし出されたのは、大関助太夫の顔だった。同時に鱗次郎は思い出していた。道場に入門して間もなく、先代の藤川兵左衛門の高弟の名簿を見せられたことがある。古い名簿だった。それを鱗次郎にみせた二代目の藤川も高弟の一人だったが、名簿の中の一人一人を指で示して、これは面打ちが得意、彼は青眼からの籠手《こて》打ちが精妙、と懐《なつか》しげに論評し、負けてはならんぞと励ました。その中に、八双《はっそう》からの斬撃《ざんげき》を得意とした大関助太夫の名があったのである。鱗次郎は茫《ぼう》然《ぜん》とした。

「話がある」

大関は苦痛に歪《ゆが》んだ顔を、地面から持ち上げるようにして、弱よわしく言った。

八

「今年中に、正式に話を持ってくる」

外まで送りに出た幾江に、唐突に鱗次郎が言った。幾江は、どっと胸が騒ぐのを感じた。鱗次郎が、いつかそう言い出すに違いないという気がしていたが、言われてみると、やはり頭に血がのぼった。

そして不思議なことに、前にもそう言われたことがあるような気がし、一瞬この人はいつもそんなことを言っている、とちらと思った。だがそれは幾江の錯覚で、鱗次郎が、正面から嫁にもらいたいと言ったのは、いまが初めてなのである。

「また、ほかの男に持って行かれては、じっさいかなわんからな」

鱗次郎はそう言ったが、それがひどく生真面目《きまじめ》な口調で、幾江は思わずくすりと笑いが洩《も》れそうになったのを噛《か》み殺した。

大関助太夫は、組頭の丹羽内記のひきで一度は代官を勤めた。そしていつの間にか丹羽の閥に入ったが、常にそのことを苦にして過ごした。友達づき合いの赤松東兵衛が、丹羽と衝突して侍を捨てたとき、泉之助を養子にしたのも、何も知らない赤松に対する良心の呵責《かしやく》があったからだといえる。泉之助に家督を譲ったとき、これで丹羽との縁が切れるとほっとした。だがそのときから助太夫の新しい苦しみがはじまったのである。

泉之助は成人すると次第に若い頃の赤松に似てきていた。そっくりだと言ってもよかった。直情径行で、不正に敏感だった。彼はいつの間にか、志田奉行の不正を見抜いていた。そして驚いたことに、志田と丹羽内記の繋《つなが》りまで調べ上げていたのである。

あの日の朝、泉之助は家を出るとき、今日は奉行とやり合うつもりです、と言った。助太夫は厳しくとめたが、泉之助は聞き入れなかった。夕方普請場に行ったとき、助太夫に泉之助を斬《き》るつもりがあったわけではない。だが、泉之助が激昂《げつこう》した声で、御家老の諏訪様に届け出ますぞ、と叫び、二人の斬り合いになったとき、助太夫の足は動き出していた。諏訪は丹羽内記がただ一人恐れている敵である。自分の子が、丹羽を暴《あば》くことになるのに、助太夫は耐えられなかった。

泉之助を斬ったとき、不思議なほど助太夫の心は乾いていた。ここ二、三年、助太夫は泉之助の気持が自分を離れて、実父の赤松に急激に傾いているのを感じていたのである。そして丹羽が藩内に植えたつながりは、隠さねばならなかった。

だが丹羽は、普請場の一件で大目付が志田の不正に眼を向けたことで、助太夫を厳しく責めた。赤松を斬り、甚蔵を襲ったのは丹羽の命令であるが、助太夫にはそれが返済を迫られた負債を返しているようにも思われたのである。

赤松東兵衛には、泉之助を斬ったことを告げて、尋常に立ち合った。助太夫がそう言ったとき、赤松は悪鬼のような顔になって笑い、

「やっぱり、貴様か」

と叫んだ。東兵衛はひそかに助太夫に疑いを抱いていたのであった。ただ尋常の勝負では、赤松は助太夫の敵ではなかった。

こうした話を、助太夫は伊並惣七郎と鱗次郎に言い遺《のこ》して死んだ。

大目付の安間は、筆頭家老の諏訪六郎右衛門に会った。諏訪の容認を得て、丹羽以下の不正を徹底して調べ、調べはいまも続いている。すでに丹羽は藩主の命令で逼塞《ひっそく》を命じられて、自宅で慎んでいるが、重い処分がくだるだろうと噂《うわさ》されている。

「惣七郎はだいぶいそがしそうだの」

「はい。このごろは夜も遅くて」

「因果な勤めじゃな。そこに行くと、馬廻りはのんきでいい」

「兄が、大そうほめていました。鱗次郎さまの剣術は大したものだって」

「惣七郎にほめられても仕方がない」

と鱗次郎は言った。

「俺はその、何しろ大関を斬ったと疑われたからなあ。疑いを晴らしたい一心で働いたわけだ」

「ごめんなさい」

幾江は忍び笑いをした。なんという滑稽《こっけい》なことを考えたものだろうと、いまではそう思う。

「いや、詫《わ》びはいらんが。その、ごほうびが欲しい」

「…………」

幾江はうつむいて身体をすくめた。鱗次郎の大きな手が無造作に幾江を抱いた。春先、鱗次郎に、同じ場所でこうして抱かれたことを幾江は思い出し、そのときのことがそのまま続いているような気持に襲われていた。

時雨《しぐれ》のあと

一

「親分、また頼みますぜ」

安蔵は思い切ったように、賭場《とば》の親分金五郎の前ににじり寄ると、指二本を突き出してみせた。安蔵の顔には卑屈な笑いが浮かんでいる。

「よしな」

金五郎は膝《ひざ》の前に積み上げた金コマをかばうような手付きをした。

「目が出ねえときは無理するんじゃねえ。よしな、帰りな」

「そんな冷てえことを言わねえでよ。二枚貸してくんねえな」

金コマ一枚が一両である。これで盆の勝負をする。安蔵は盆で有り金はたいて負けたあと、ぼんやりと勝負を眺めていたのである。

「うちは真面目《まじめ》な賭場だ」

と金五郎は言った。金五郎は鳶《とび》を抱えている人足の頭だが、抱えの若いものも十二、三人で商売が小さい。こっそりと奥で賭場を開いたが、それも若い者が手慰《てなぐさ》みをはじめたので、町で知合いの者を呼んでくるようになっただけで、これ以上大きくするつもりはない。外に洩《も》れるのをひどく恐れていた。

金五郎の大きな身体《からだ》には、不釣合いなほどの小心な気持が宿っている。

「それはお前も知ってるとおりだ。な、集まってござる方も、みんな固い商売の旦那《だんな》衆《しゅう》ばっかりで、楽しんで遊んでらっしゃるだけだ。無理な勝負はなさらねえ」

「わかってまさ、親分」

「その親分というのをやめろ」

金五郎は神経質そうな手付きで、煙管《きせる》に莨《たばこ》を詰めた。

「頭《かしら》と言え、頭と。大体ここは……」

金五郎は燧《ひうち》を鳴らして一服吸いつけると、少し落ちついた口調になった。

「この賭場は、お前のようにあっちに三日、こっちに五日と腰が定まらねえ仕事で日を送っている者なんぞ、一人もきやしねえ。みんな立派な旦那衆だけだ」

「へい、わかってまさ。親分」

「安、親分と呼ぶのはやめろと言ってるのだ。え？　きちんと頭と呼びな」

「へい、頭」

「お前だけだ。そんな見すぼらしい恰好《かっこう》でここに出入りするのは」

金五郎は上眼づかいに、ちらりと安蔵を睨《にら》んだ。

「しかし親分」

安蔵は口をとがらした。

「あっしが、しがねえ日傭取《ひようと》りで、まだ嬶《かかあ》ももらえねえのは、こちらで働かせてもらったときに、足を折っちまったせいですぜ。誰も好きこのんで見すぼらしくしてるんじゃありませんや」

「わかった。それを言うな。それを言うんじゃねえ、安」

金五郎は煙管を口から離して、手を振った。それからコマ札に手を伸ばした。

「よし、もう何も言うな。二枚貸してやる。担保なしでな。しかし……」

金五郎は、安蔵が摑《つか》んだ二枚の金コマから、自分もまだ手を離さずに言った。

「解《わか》っているだろうが、これは呉《く》れるんじゃねえ。貸すんだぞ。さあ、どうして返す」

「心配いらねえって親分」

安蔵は力を入れてコマ札を引っぱったが、金五郎はまだ手を離していないので、二人の間でコマ札があっちへ行ったり、こっちへ行ったりした。

「いざとなりゃ、みゆきがいまさあ。あいつは働きものだ。二両ぐらいの金は、いつだって溜《た》め込んでいるって」

「ほんとだな。よし、ここはお前でなくてみゆきを信用しよう」

金五郎は漸《ようや》くコマ札から手を離した。

「みゆきはどうしている。相変らず茶屋で一所けんめい小間使いをやっているか」

金五郎は、コマ札を摑むなり、気もそぞろに立ち上がりかけた安蔵に言った。

「小間使いなんてもんじゃありませんぜ。もう立派な大人で女中をしていまさ。俺に似ねえ可愛いお面をしてやがるから、おかげでお客さんに人気がありやしてね。みゆき、みゆきってんでそりゃ大変な可愛がられようでさ。だから親分」

安蔵は見得を切った。

「二両の金でびくびくすることなんざ、ありゃしませんぜ」

「あまり心配かけるなよ。みゆきだって年頃だ。嫁入り支度のつもりで溜めている金を、兄貴にちょくちょく嚙《かじ》られたんじゃ気色《きしょく》悪かろう」

「冗談言っちゃいけませんや。あいつはそんな女じゃねえ。いつだって機嫌よく金をくれますぜ。文句なんぞ言うもんですかい」

「………」

「ほんとですぜ」

「そうか。感心な娘だ。兄思いだ。しかしそれなら一層お前がしっかりしなくちゃいけねえや」

「わかってまさ、親分」

安蔵はいそいそと盆に引き返した。

その夜、安蔵が金五郎の賭場を出たのは、五ツ（午後八時）過ぎだった。借りた二両で粘り、一時は六両までふやしたが、賭場を出たときにはきれいに挘《むし》られていた。両国橋を東に渡って、安蔵は人気のない暗い広場を横切り元町の屋並みに入りかけたが、ふと足を駒止橋の方に向けた。橋を越えた藤代町のあたりに、赤提灯《あかぢょうちん》を見つけたのである。

安蔵は回向院《えこういん》南の相生《あいおい》町の裏店《うらだな》に住んでいる。だが腹がへっていた。昨夜まで残っていた飯は、今朝雑炊にして平らげたから、帰っても飯を炊《た》かなくてはならない。一人住まいだから、飯を作るのが面倒で、いつも隣りのお作婆《ばあ》さんに頼んで一緒に炊いてもらうのだが、この時刻になっては婆さんは寝たに決まっている。

大きな商家の塀下に屋台を置いているのは蕎麦《そば》屋だった。客はいなくて、五十過ぎの親爺《おやじ》が安蔵を迎えて屋台の内側に立ち上がった。

「蕎麦を一杯くんな」

安蔵は言った。

「へい、まいど」

「後で喧嘩《けんか》になるのはいやだから、断わっとくけどよ」

と安蔵は言った。親爺は蕎麦玉をかきまわしながら怪訝《けげん》な顔を挙げた。

「銭を持ってねえんだ」

「どういうこってすかい」

親爺は長箸《ながばし》を荒々しく屋台に置くと、気色《けしき》ばんで言った。

「銭がなくて、なんで蕎麦を注文したんですかい」

「そうがみがみ言わねえでくれ」

安蔵は顔をしかめた。

「空《すき》っ腹にこたえらあ」

「あんたねえ」

親爺は恐ろしい形相になって言った。

「あんたが腹がへっていようが、腹が張っていようがこっちの知ったことですかい。とにかくここはただで蕎麦を喰わせるところじゃないんだから。よくも平気な顔で注文出来たものだ。さ、帰ってもらいましょう」

「蕎麦、のびるんじゃねえのかい」

「よけいなお世話だ」

「これでどうだい、親爺さん」

安蔵は半天を脱いだ。

「木綿だが、ちゃんとした印半天だ。な、これをみてくれ」

安蔵はくるりと半天をひっくり返して、背の方をみせた。

「丸に金とあらあ。知ってるだろ。川向うの諏訪《すわ》町で丸金といやあ、大した鳶よ。頭は金五郎といってな。身体がでかくて、それでいて気の優しい親爺だぜ」

「知りませんよ、あたしゃ」

「ま、いいさ。ともかくよ、おいらそこで働いてるもんだ。鳶の印半天は仕事着よ。立派なもんさ。これを質に置こうじゃないか。明晩までよ」

安蔵は半天をまるめて仏頂面《ぶっちょうづら》をしている親爺に渡した。半天は丸金をやめるとき、無理やりもらったもので、いまだに着ている。勿論《もちろん》頭の金五郎はいい顔をしないで、たびたび文句を言ったが、この頃は諦《あきら》めたようだった。

「汚ねえ半天ですな」

親爺は、安蔵がただ喰いするつもりでないと解って、いくらか口調を改めたが、それでも不満気に口をとがらし、ひろげた半天と安蔵の顔を見くらべた。安蔵は釜《かま》の上に首をのばした。

「親爺、蕎麦のびちまうぜ」

「わかりました、わかりました」と親爺は言った。

「そのかわり明晩必ず金を持ってきて下さいよ。あんたにとっちゃ大切の品かも知れませんが、あたしは半天なんぞいりませんからね」

親爺は丼《どんぶり》に蕎麦をたぐりながら、まだ言った。

「あたしゃ、別に嬉《うれ》しくないんだから」

「あたいにもひとつ頂戴《ちょうだい》な」

不意に女の声がした。縞木綿《しまもめん》の袷《あわせ》に前垂《まえだれ》をしめた女だが、白手拭《てぬぐ》いの頬かむりが、女の身分をあらわしている。両国橋の橋袂《はしだもと》かいわいに出没するという夜鷹《よたか》の一人らしかった。

女は手拭いをとると、流し目に安蔵をみた。年増《としま》だが、三十にはなるまいと思われる肉づきのいい女だった。

「ちょっと」

親爺が釜の火を見るために、屋台の裾《すそ》にしゃがんだ隙《すき》に、女は蕎麦をすすっている安蔵に柔らかく身体をぶつけた。

「どう？　蕎麦なんか喰っていないでさ」

「へへ、へへ」

立ち上がった親爺が、目ざとく見つけて冷笑した。

「とんだお門違いだ。もう半天もありゃしねえのに」

二

考えごとをしていたみゆきは、おかみの玉江に呼ばれて、はっと顔を上げた。

「また兄《あに》さんが来てるよ。お前を呼んでくれってさ」

玉江は吉原の女郎上りで、十何年か昔に上総《かずさ》屋のおかみに納まった。でっぷり肥《ふと》って、きつい口をきくが、意地の悪いところはない。それでみゆきは五年も上総屋の抱え女郎で勤まっている。

仲町には、上総屋のように、俗に子供屋と呼ばれる家が七、八軒あって、みゆきのような女郎を置いている。茶屋から呼び出しがくると、女郎たちは茶屋に行って客の相手をし、そこで寝て帰る。普通の女郎屋のように、まわしを取ることはないから、それだけ身体が楽だった。それでも疲れる。近頃みゆきは身体がだるくて仕方がない。それだけ女郎暮らしに年期が入ってしまったと、ぞっとすることがある。

「どういう兄《あに》さんなんだね。いつもいつもお前から金を引き出しにきて」

もの憂《う》く立ち上がったみゆきに、玉江が浴びせた。

「どうって？」

「よけいなお世話かも知れないけどね。あたしゃね不思議なんだよ。借金だって、お前が一所けんめい働いたからもういくらもないだろ。兄さんが一人前の男なら、そろそろお前を引き取ろうって気にならないもんかね」

「………」

「そりゃお前さんは売れっ子だから、家じゃ長くいてもらいたいよ。だけどそれとこれとは別だろ。いまのうちなら、お前も嫁に行く口があるだろうに、とあたしゃつい思っちまうんだよ」

「ありがとう、おかみさん」

とみゆきは言った。

「でも、兄ちゃんはまだ修業中の身で、親方に喰わしてもらっていますから、おかみさんが言うようなことは無理なんです」

「修業中って、幾つになったんだい？」

「二十八ですけど、五年前に足を挫《くじ》いて、鳶職をやめたものですから、いまは居職《いじょく》の修業をしているんです」

「ああ、そんなことを言ったっけね。大怪我《おおけが》をして医者にかかる金もないからって、お前が家に来たんだから。こんなちっちゃななりをしてさ。お前あのとき十四だったかい」

「十五でした」

「それで兄さんの修業て何だい」

「錺師《かざりし》です」

みゆきは誇らしげに答えた。

「おかみさんがいまさしているような、珊瑚玉《さんごだま》の簪《かんざし》が作れるようになったと、この間きたときに言っていました。もうひと息なんです」

「行ってやりな。あんまり待たせちゃ悪いだろ」

玉江は言ったが、顔をしかめた。

「それにしてもずいぶんひどいなりをしているよ、お前の兄さんは」

みゆきは玄関に出た。だが安蔵の姿が見えないので、下駄をつっかけて外に出た。

「おい、ここだ」

五間ほど離れた塀の角で、安蔵が手を挙げた。安蔵は相かわらず痩《や》せているが、居職のわりには顔色が日焼けしたように黒く、丈夫そうにみえた。

「元気か」

安蔵は駆け寄ったみゆきを迎えると、肩に手を置いて、優しい声で言った。

その声を聞くと、みゆきは胸が一杯になる。両親が失踪《しっそう》したとき、二人はまだ子供だった。二人は一時品川にある遠縁に預けられたが、みゆきが十になったとき、安蔵はみゆきを相生町の裏店に引きとった。もうその時、安蔵は諏訪町の丸金で、一人前の鳶《とび》だった。酒も飲まず、女も買わずに、安蔵はせっせと働いていた。

「まずお前を嫁にやって、それから俺が嫁をもらう」

というのが安蔵の口癖だった。兄妹二人だけの世帯を、裏店の者が憐《あわ》れがって面倒をみてくれたので、暮らしの上の心配もなく、しあわせな日々だった。

だが、ある日安蔵が高い足場から落ち、しあわせな日が終った。安蔵の顔をみ、優しい声を聞くと、みゆきは輝く夕映えをみるように、心の中に過ぎ去った日々が甦《よみがえ》ってくるのを感じる。そして、一瞬あたしはどうしてこんなところにいるのだろう、と思ったりするのだった。

「兄ちゃんも元気そうだ」

「うむ」

安蔵は胸をそらせたが、袷の袖口《そでぐち》が綻《ほころ》びて寒そうにみえた。

「そこ、綻びているんじゃない。お作さんに縫ってもらえばいいのに」

「そうするよ」

安蔵は言ったが、落ちつかないふうに上総屋の門の方を覗《のぞ》いたり、後を振り向いたりした。

「どうしたの？」

「上総屋の婆さん、俺を物貰《ものもら》いか何かがきたような眼で見やがった」

「ああいう人なのよ。でも根はやさしい人だから気にしない方がいいわ。それに婆さんなんて言わないで、まだ若いんだから」

「ああ」

安蔵はなおもきょろきょろとあたりを見廻したが、不意に言った。

「お前、金を持っているか」

「少しぐらいなら」

「二両、いや三両はいるな。都合してくれないか」

「三両も？」

みゆきは眼を瞠《みは》った。

「駄目か」

安蔵はがっかりしたように言った。その暗い表情をみて、みゆきはあわてて言った。

「何とかなると思うわ」

「済まないな、いつも」

安蔵の顔が現金にいきいきと輝いた。

「じつは少し材料を買ってな。自分で作ってみたい細工物があるのだ。うまくいけば、すぐ金になる。それだけじゃない。一人立ちする目どがつく」

「もうそんなに上手になった？」

みゆきは声を弾ませた。それならこんな岡場所で、男に身体《からだ》を売る暮らしから脱け出す日は、そう遠くないのだ。

「偉いわ、兄ちゃん」

「なに、人並みにやってるだけだ」

「でも無理なことはしないでね。あたしは兄ちゃんが一人立ちするまで、いくらでも我慢して待つから」

「解《わか》った。そんなに長く苦労はかけないよ」

と安蔵は言った。

みゆきは押入れの布団《ふとん》の下に隠していた金を掻《か》き集め、おかみの玉江から二両借りて三両余りにして、兄に渡した。渡すとみゆきは、通りまで出て兄を見送った。

西の空に日が落ちるところで、赤く焼けはじめた空に、一の鳥居が黒く浮かび上がっている。

安蔵の姿が、鳥居の方に遠ざかるところだった。安蔵は足を引きずっている。足場から落ちたとき、安蔵は足首を折ったが、どうにか骨がつながった。だが、身体のあちこちに打身の傷が出来て、高い熱を出した。安蔵が熱のために意識も確かでないうちに、みゆきはお作婆さんに頼んで仲町に来たのである。

玉江の呼ぶ声がした。そろそろ茶屋に客が来る頃である。上総屋の女たちが、化粧をはじめる時刻だった。

みゆきは、安蔵の言ったことが、まだ心を弾ませているのを感じながら、声を張って返事をした。

三

十月のある夜、安蔵は北本所中ノ郷の八軒町にある賭場《とば》にいた。みゆきを訪ねて三両の金をくすねてから一月《ひとつき》近く経《た》っている。あれからも、安蔵は綱渡りのような日を送ってきていた。日傭取《ひようと》りの口は、裏店の者からも、諏訪町の金五郎からも入ってきていたが、めったに仕事に出ることもなくなっていた。

裏店にぼんやりしていて、一日中みゆきから金をくすねる口実を考え、もうどんな口実もないのに疲れて、そのまま飯も喰わずに寝てしまったりした。今夜は、珍しく五日ほど土方仕事に出て摑《つか》んだ小金を持って、この賭場に来たのである。

「家へ帰っても、金はねえんで」

と、安蔵は言った。

「金がないだと？　さっきは帰ればあると言ったじゃないか」

安蔵を別の部屋に引っぱりこんだ賭場の男が言った。安蔵が今夜、この賭場で借りた金は十両に膨《ふく》れ上がっている。

「金がなくとも何かあるだろう」

男はさとすように言った。

「金はねえが、品物はあるとか。俺は持っていねえが、親が小金を溜《た》めているとか。何かあてがあるから借りたんだろうが」

「どうしたい、源五」

太い声がした。

「呆《あき》れた野郎ですぜ、親分」

源五と呼ばれたその男は、入ってきた五十がらみの大男にそう言った。

「さあ家へ行こうと言ったら、家へ帰っても何にもねえって吐《ぬ》かしやがるんで」

「何にもねえと？」

大男は安蔵の前に胡坐《あぐら》をかくと、じろじろと安蔵を眺め廻した。太い眉《まゆ》の下の眼が血走っていて、にこりともしないのが無気味な感じだった。頬から顎《あご》にかけて、ふさふさと髭《ひげ》をはやしている。

「珍しい客人だ」

大男は太い鼻息と一緒にそう言った。

「よっぽど度胸があるか、それとも馬鹿《ばか》かどっちかだろう。おめえ、嬶《かかあ》がいるだろ」

「いません」

「なるほど。よくよく何にもねえ男だ」

大男は呆れたように言って腕組みした。

「それじゃ、どうして返す？　え？」

「………」

「黙ってちゃわからねえぜ、おい」

大男がぐいと膝《ひざ》を立てたと思ったとき、風が起こって安蔵は頬に火がついたような感じに飛び上った。続いて耐え難い痛みがやってきた。

「源五、めんどうだから指を二、三本詰めろ。片端《かたわ》にして放《ほう》り出せ」

大男は言うと立ち上っていた。その裾に安蔵はしがみついた。

「当てがある、親分」

「もう遅いよ」

大男はにたりと笑った。

「この野郎、賭場をなめやがったとんでもねえ野郎だ」

「お願えだ親分。ほんとうに返す。この人に一緒に行ってもらうから、勘弁してくんねえ」

「何にもねえのに、どうして返せる」

「仲町で妹が女郎をしている。借金はいくらもねえし、金になる女だ。嘘《うそ》は言わねえ」

安蔵は必死に言った。恐怖で、自分が何を言っているか解らないほどだった。

「それがほんとなら面白え」

と親分が言った。

安蔵は横川堀沿いに、長い道を南に歩いた。源五という男がぴったり横についていて、安蔵は何度か逃げる隙を窺《うかが》ったが、やがて諦《あきら》めた。悪い足を引きずって逃げ通せる筈《はず》がないと思ったのである。

みゆきから金を引き出す口実を、必死に考え始めたのは、小名木川を渡ってからである。小名木川の水面に光る星屑《ほしくず》の光をみながら、安蔵は仕置場に引かれて行く罪人のようにしおれていた。

「逃げるのは諦めたらしいな」

不意に源五がそう言い、安蔵は背筋に寒気が走った。

「逃げてもいいんだぜ。そのときは片づけろと親分に言われている」

源五は別に凄《すご》んだふうでもなくそう言った。

上総屋についたが、みゆきはいなかった。

「いま頃なんの用なんだね。みゆきはいないよ」
二、三度顔を合わせたことがあるおかみの玉江が言った。玉江は門の際《きわ》に立ってい
る源五をのぞいた。

「どうしても会わなきゃならないんだ。おかみさん、みゆきがどこにいるか、教えて
くんねえ」

「教えたくないね、あたしゃ」

「あれに会えないと、俺は殺される」

「やっぱり、そんなことなんだね」

玉江は安蔵をじっとみた。

「あたしの勘が当ったよ。あたしゃあんたをどうも妙な男だと睨《にら》んでたんだ」

「そんなことはどうでもいいじゃないか」

安蔵は叫ぶように言った。

「あれに会わせてくれよ。頼む」

「教えたくないけど、あんたが殺されちゃ、みゆきが悲しがるだろうからね」

玉江は溜息《ためいき》をついた。

「悪い兄貴を持ったもんだよ。みゆきは梅本にいるよ」

「ありがてえ」

「ちょっと」

背を向けた安蔵に玉江が声を掛けた。

「みゆきに会っても、ほんとのことを言わない方がいいよ。あの子はあんたを堅気だと信じているからね」

梅本でみゆきに会うまでに、ひと悶着《もんちゃく》あったが、安蔵では埒《らち》があかないとみた源五が、茶屋の者を恫《おど》して、漸《ようや》くみゆきが出てきた。

みゆきは紅《あか》い長襦袢《ながじゅばん》の上から、男物の綿入れ半天をひっかけたしどけない恰好《かっこう》で現われた。安蔵が一瞬眼をそむけたほど、色っぽい感じで、安蔵はいつものみゆきとは違う別の女が現われたような気がした。

「どうしたのよ兄ちゃん、いま頃」

みゆきは上り口にしゃがむとそう言った。その前の土間に、安蔵もしゃがんだ。

「聞いてくれ、みゆき」

と安蔵はせきこむように言った。

「今度いよいよ一人立ちすることになった。それについては金がいるのだ。十両だ」

ひと息に安蔵は言った。言いながら嘘もこれで種切れだと思い、みゆきがこの嘘に乗ってくれることを祈った。

「十両？」

みゆきは眼を瞠ったが、

「それで、いついるの？」

と言った。

「今夜は無理か。急なことで済まないが、すぐに金を積まないと話がお流れになる」

「今夜？」

みゆきは首を振った。

「今夜は無理よ。お客さんと一緒だし」

「ちょっと待ってくれ」

と安蔵は言った。入口に立って、懐手《ふところで》をしたままこっちをみている源五のそばに行くと、

「今夜は無理だ。何とか勘弁してもらえねえだろうか」

と言った。

「あれがおめえの妹かい」

源五はじっとみゆきを見つめたまま言った。

「思ったより上玉だな。よしわかった」

「……？」

「ああいう妹がいるんなら、別にいそぐことはねえ。もっと金を貸してえぐらいだ。ま、二、三日中にはきっと返しな」

安堵《あんど》が安蔵の胸にゆるやかに流れ込み、安蔵は大きく息をついた。

「待ってくださるそうだ」

安蔵はみゆきのそばに行くと囁《ささや》いた。

「あのひと、だあれ？」

とみゆきが訊《き》いた。安蔵は口籠《くちごも》った。

「うむ。材料を卸してくれる人だ」

「明日おかみさんに話してみるから」

「そうしてくれ。頼んだぜ、みゆき」

安蔵が夜の闇《やみ》に消えるのを、みゆきは玄関に立ったまましばらく見送ったが、気分にひっかかるものが残った。この前のようには喜べなかった。初めて安蔵に対する疑いが兆《きざ》した。十両は大金だが、金がさのことではない。金の話をしにくるには時刻が遅すぎないかと思ったのである。そろそろ町木戸が閉まる頃である。安蔵はその話を明日まで待てないほど、切羽つまっていたのだろうか。

そう思ったとき、みゆきははっとした。子供二人を置き去りにして失踪《しっそう》する前、みゆきの父親はいつも夜遅く血走った眼をして家に帰ってきた。後で聞いた話では、小さな薬種《やくしゅ》屋を営んでいた父親は、その頃山のような借金に苦しんで、金策に走り廻っていたのである。

小さい頃みたその父親の姿に、今夜の安蔵のゆとりのない切迫した表情が重なった。そして安蔵と一緒だった男が、父親について家まできて、激しい口論をして帰った借金取りの一人を思い出させた。

みゆきは重い気分を抱いて部屋に戻った。

「どうしたね。兄《あに》さんという人は帰ったか」

と布団の中にいた男が言った。男は腹這《はらば》って莨《たばこ》を喫《す》っていた。信濃《しなの》屋という小間物問屋の番頭で、まだ三十半ばの男だった。ここ一年ばかりみゆきに通いつめている。

「ええ」

みゆきは行燈《あんどん》のそばに坐《すわ》って、そっと溜息をついた。

「どうした元気がないな」

男は笑った。

「兄は兄でも、じつはわけのある兄さんというのじゃあるまいね。背中に彫物かなんかしている」

「違いますよ。ほんとの兄です」

とみゆきは言った。

「そう願いたいもんだ。俺はそのうち上総屋からお前を引き取ってもいいと考えているところだからな」

孝太郎というその番頭は、二年前に女房を失っていた。子供が二人いるということを、みゆきは聞いている。仕事はなかなかのやり手だった。

「兄さんは何の仕事をしていなさる？」

「錺《かざり》職人です」

「ほう」

と言って番頭は眼を丸くした。

「それならうちの商売とかかわりがある。どこの職人さんだい」

「浅草に富七さんという親方がいますか。多ぜい職人を抱えているひとだそうですけど」

「いるよ。浅草は富七、惣兵衛《そうべえ》、多治郎、小さいところで五郎吉、金八」

と番頭は指を折った。

「こんなところだ」

「兄は富七にいるんです」

「へえ」

と言ったが、番頭は疑わしそうな眼をした。

「あそこの職人なら名前を知っているが、兄さんの名前は何と言うのだえ？」

「安蔵」

「安蔵さん……と」

番頭は首をひねったが、煙管《きせる》を置いて、

「そいつはおかしいな」

と言った。みゆきは眼を瞠《みは》った。

「なにがですか？」

「富七にそういう職人はいません」

と番頭は店で客を相手にするような口調で言った。

みゆきの胸が大きく動悸《どうき》を打った。悪い予感が当った気がした。顫《ふる》える声で言った。

「でも、兄はまだ見習いですから」

「知ってる知ってる。あそこのことなら大概知ってるが、富七の見習いは年蔵といってな。まだ十五の子供。これがひとりだけだよ」

みゆきは、不意に眼の前が暗くなるのを感じた。背筋を、続けざまに氷のような悪《お》寒《かん》が走り抜ける。

「どうした？　寒そうな顔色だな。早く床に入ったらどうだね」

四

「安蔵さん、ですかい」

富七は、ちょっと首をかしげたが、すぐに白髪頭《しらがあたま》を振ってきっぱり言った。

「そういう人は、来たことないね」

「一度も？」

「そう。一度も来たことがないよ」

みゆきは縋《すが》りつくように言った。

「よその錺屋さんで、そういう名前を聞いたことはありませんか」

「聞いたことないね」

富七はあっさり言った。

「浅草なんてえものはあんた、狭いもんでな。同業の噂《うわさ》なんぞ、すぐ耳に入る。多治郎のとこにいた参次は腕のいい職人だが、今度神田の仙助のところに住み変えたとか、金八のところで見習いを入れたが、こいつは見込みがあるらしいとかね。すぐにわかる。安蔵という人の名前は聞いてないよ。五年も経《た》つのに名前も聞こえて来ないなんて、ありっこないね」

「そうでしょうか」

「お前さんの兄貴が化物なら別だ」

富七は歯の欠けた口を開けて笑った。

「どっかほかの場所を探すんだな。もっとも俺の勘じゃ、その人は別の仕事をしているという気がするがね」

みゆきは礼を言って富七の仕事場を出た。ひと雨来そうな暗い雨雲が浅草の町の上にひろがっていた。寒気が襲ってきて、みゆきは歯を鳴らした。頭がぼんやりして熱っぽく、それでいて足腰から背筋にかけて、氷のように冷たい感触があるのは、どうやら風邪が本物になったようだった。

今朝起きたとき目まいがした。熱っぽい感じがあって、風邪らしいと気づいたが、昨夜信濃屋の番頭に聞いた話が気になって、玉江に願って外に出してもらったのである。

「行っておいで。気になるんならね」

玉江は憐《あわ》れむようにみゆきをみて言った。みゆきの話を聞いて、みゆきが兄に疑いを持っていることを察したが、自分で探りあてることなら仕方ないと思ったのである。ゆうべ梅本に現われた安蔵が、十両の無心をしたと聞いて、正体が割れるなら早い方がいいだろうとも思ったのだった。その方がみゆきのためにもなる。

玉江はひと言つけ加えた。

「なんかあっても、そのときは思いつめないでさっさと帰っておいで。後のことは相談に乗ろうじゃないか」

みゆきは町を歩きながら、玉江の言葉を思い出していた。

——おかみさんは何かを知っていたのだ。

と思った。すると何も知らないでいたのは自分だけだという気がして、不安が募ってきた。襟《えり》に顎《あご》を埋め、俯《うつむ》いてみゆきは歩き続けた。

——家へ行ってみよう。

と思った。家へ行って、安蔵を問いつめなければならない。兄が嘘を言っていたのは、もうはっきりしている。兄は錺職の修業などしていなかった。するとああして金を欲しがったのはなぜだろう。十両の金は何に使うのだろうか。

頰が火のように熱いのを感じる。そのくせ足は冷たく、雲の上を歩いているように頼りなかった。風はないが、町は冷えていた。

不意に眼の前に黒い、大きいものが立ち塞《ふさ》がって、いきなり怒声が起こった。

「おい姐《ねえ》ちゃん。目ん玉はちゃんとついてんのかい。車の邪魔してもらっちゃ困るぜ。歩くときは前向いて歩きな」

木箱を山のように積んだ荷車が前に立ち塞がっている。みゆきはあわてて身体《からだ》をよけ、眼をいからしている若い車力《しゃりき》に詫《わ》びを言った。

相生町の裏店《うらだな》にきたとき、時刻は八ツ半（午後三時）を廻っていた。

「おーや、久しぶりだ」

誰もいない家を訝《いぶか》しんで、隣に行ったみゆきを、お作婆《ばあ》さんが驚いて迎え、すぐに茶の間に上げたが、安蔵の消息を聞くと、お作の表情はみるみる曇った。

「安はいなくなっちゃったよ。家賃がだいぶ溜《た》まっていたというから、夜逃げじゃないかね。そう、もうひと月近くなるよ。物は置いたままだけど、金目のものは何ひとつないって、見に来た大家さんがこぼしていたっけ。そうそう、米が一合ほどあったそうだ。たったの一合だよ」

「兄ちゃんはどうして暮らしていたんですか」

「お前のおかげで命は助かったが、足が悪いだろ。やっぱりろくな働き口がないんだよ。日雇で喰っていたようだね。うちの爺《じい》さんなんかも気にしてね。時どき仕事を見つけてやったりしたんだけどさ」

お上りよ、と言ってお作は熱い茶をすすめた。

「でも本人がやる気なくしていたからね。近頃は遊んでいたね」

みゆきはむさぼるように茶を啜《すす》った。熱い液体が胃に落ちると、寒気がいくらか治るようだった。不意にみゆきは驚いたように顔を挙げた。

「遊んで、それでどうして食べられたんでしょう」

「博奕《ばくち》だよ。お前さん知らなかったのかい」

これをお食べ、と言ってお作は漬物を丼《どんぶり》のまま箸《はし》を添えて出した。

「男なんてものはしょうがないもんでね。うちの爺さんなんか、真正直で働くことしか知らない人のように店《たな》の連中は思ってるらしいけど、あれで若い頃は博奕は打つ、女は買うで家はほったらかし。さんざあたしを泣かせたもんさ。いまは口をぬぐって、裏店で一番の働き者みたいな顔してるけどさ」

お作はまくし立てたが、みゆきはその声を聞いていなかった。頭が割れるように痛む。

——それがほんとうなら、こうしてはいられない。

「どこへ行くんだね。帰るのかい」

ふらりと立ち上がったみゆきをみて、お作は驚いたように言った。

「お婆ちゃん、ごちそうさま。あたしこれから丸金に行ってみます。兄ちゃんに会わなくちゃ」

外に出ると、四囲が日暮れのように仄暗《ほのぐら》かった。いまにも雨がこぼれそうな黒い雲が空から垂れ下がり、その下で江戸の町は息をひそめたように灰色の軒を並べている。

——早く何とかしないと、兄ちゃんは取り返しがつかなくなる。

とみゆきは思った。金をせびりにきた時の、兄の奇妙に落ちつかない表情が、やっと腑《ふ》に落ちていた。博奕の金が欲しかっただけなのだ。自分を岡場所から引き取るような算段は何もなかったのだ。だがみゆきの心には、不思議に兄に対する怒りが湧《わ》いて来ない。兄に喰いものにされてきたという気はしなかった。ゆうべ梅本に来たときの、縋りつくようだった安蔵の顔が眼に浮かんでくる。そして安蔵と低い声で話していた得体が知れない男。安蔵が困っているなら、頼ってくるのは自分のところしかないのだ。一合の米を残して、兄はどこへ行ったのだろうか。

「かわいそうな、兄ちゃん」

みゆきは呟《つぶや》いた。みゆきの眼の奥に、威勢のよい鳶《とび》だった兄の姿が浮かんでいる。冷たいものが頰を打った。雨だった。みゆきは立ち止まって、夢から覚めたようにあたりを見廻した。

そこは両国橋の上で、川下の遥《はる》かに海と接するあたりの空が、一筋帯のように朱色に赤らみ、黒い雲が斜めにその空から垂れ下っているのが見えた。雨は川上からやってきていた。大川橋のあたりが白く煙っている。

激しい雨が、ひとしきりみゆきを叩《たた》いた。人々がすぐ脇《わき》を走って行く。みゆきはゆっくり歩いた。熱い頰に雨があたるのが気持よかった。雨はひとしきり橋板を叩いたかと思うと、不意にぱったりとやみ、しばらくしてまた突然あたりが白くなるほど降って、人々を走らせた。

「まあ、どうしたんだね、みゆきちゃん」

諏訪町の丸金にたどりつくと、出て来た金五郎の女房は眼を瞠った。みゆきは頭からすっかり濡《ぬ》れ、青ざめた顔で歯を鳴らしながら言った。

「おばさん、兄ちゃんに会わせて下さい」

言うとみゆきは、ずるずると上り框《かまち》に崩折れた。金五郎の女房が、けたたましく人を呼ぶ声が、家の中にひびき渡った。

「見ろ、哀れなもんじゃねえか」

金五郎は煙管をせわしなくふかしながら言った。

医者が帰ったばかりで、部屋の中には金五郎と女房のお増、それに青い顔をした安蔵がいた。みゆきはこんこんと眠り続けている。

「お前のことが心配で、風邪をひいているのに雨の中を無理に訪ねてきて、この始末だ。一体近頃どこをうろついているんだ。妹を女郎になんぞ売りやがって、その金で遊び歩いているのは、どういう了見だ」

金五郎はいらだたしげに、灰吹きに煙管《きせる》を叩きつけた。

みゆきは座敷に運び込まれ、床に寝かされると、不意にしっかりした声で、風邪をひいて帰れなくなったと、仲町の上総屋に言って欲しいと言い、それから小さい欠伸《あくび》をひとつするとそのまま眠ってしまったのだった。額に手をあててみるとひどい熱で、丸金では大騒ぎで医者を呼んだのである。

上総屋とはおかしなことを言う、と金五郎が自分で仲町に出かけると、上総屋では丁度おかみの玉江が、十両の金をあてに訪ねてきた安蔵を説教している最中だった。それで一切が解《わか》った。

「安、返事によっちゃ、ただでは済まねえぞ」

「へい」

「へいじゃねえやい」

金五郎は大声を出した。

「あんた、大きな声を出したらみゆきが眼を覚ますじゃないか。ほんとに地が馬鹿声《ばかごえ》なんだから」

お増が叱《しか》った。うむ、と言ったが、金五郎は不満だった。神経質に莨《たばこ》を詰めかえながら、安蔵を睨《にら》んだ。

安蔵が鳶の見習いで丸金に来たのは十五の時だった。事情を知っている丸金では、その時七つだったみゆきも一緒に引き取った。みゆきはしっかりした子供で、お増や女中を手伝って、言いつけもしない仕事を一所けんめいにやった。子供がいない夫婦は、その頃みゆきを自分の子のように可愛がったのである。

「さあ、どうするつもりだ」

金五郎は安蔵に顔を寄せ、睨みつけながら言った。声はお増を憚《はばか》って囁《ささや》き声になっている。

「むろん、まともに働きます。みゆきに心配かけるようなことはもうしねえ」

「野郎、口先ばっかりじゃ駄目だぞ」

金五郎は凄《すご》い顔をして囁いた。

「まともな仕事について、博奕もしねえと見きわめがついたら、ひげ政に話をつけて、十両は俺が肩代りしてやらあ」

「済まねえ、親分」

「頭と言え、頭と」

金五郎は囁いた。

「お前は憎いが、みゆきが哀れだから、そうしてやるんだ」

「へい」

「どうだ、一からやり直す気があるか」

安蔵はみゆきを見た。みゆきは髪を乱し、赤い顔をして、荒い息をして眠っている。

時どき瞼《まぶた》がぴくぴくと動いた。

突然、安蔵の脳裏に子供の頃の光景が浮かんだ。両親が姿を消し、親戚《しんせき》に引き取られたのは、安蔵が十一、みゆきが三つの時だった。みゆきは片時も安蔵のそばを離れない子だった。安蔵は家のことを手伝ったり、使いに出たりする。みゆきはいつもそばにいて、小さな手で安蔵がすることを手伝った。

ある日安蔵は親戚の者に叱られ、夜の飯を抜かれた。暗い部屋で、安蔵は泣きじゃくっていた。その肩に、いつの間に来たのか、みゆきが摑《つか》まって安蔵をのぞいた。

親戚の者がみゆきを呼びにきて、飯を喰えと言った。だがみゆきは小さな頭を振って、

「兄ちゃんが食べないから、あたいも食べない」と言ったのだった。

そのときのことを、安蔵は思い出している。不意に安蔵はこみ上げてくる涙を感じた。

「俺は、馬鹿だ、頭」

と安蔵は顔をゆがめて言った。

「やり直す気があるんだな」

「へ。やってみまさ」

安蔵の頰に涙がひと筋走った。博奕に手を出したのは、しがない日雇では、みゆきを請け出すことが出来ないという焦《あせ》りからだった。だが途中から勝負が面白くなって、そのまま流された。いつの間にか、みゆきを騙《だま》し、喰い嚙《かじ》る男になり下っていた。

――出直せないじゃ、みゆきに済まねえ。

「必ず、やってみまさ、親分」

「頭と言え、安」

と金五郎は言った。

屋根を叩いていた時雨《しぐれ》は、遠く去ったらしく、夜の静けさが家のまわりを取り巻いている気配がした。

意気地なし

一

両親の声がしている。

聞くともなしに聞いているうちに、おてつは布団《ふとん》の中で眼が冴《さ》えてしまった。

「身よりが誰もいねえってんだから、奴《やっこ》さんが弱るのも無理はねえわな」

「でも誰もいないってのは、おかしかないのかい。木の股《また》から生まれたわけじゃあるまいしさ」

と母親のお勝が言っている。

「いやそうじゃねえ。十三かそこらで遠国から出てきて、こちらで所帯を持ったわけだ。国は越後《えちご》だっていうから、そこへ帰れば、そりゃ誰かいるに違えねえさ。だがさしあたって、江戸に頼れる人間はいねえってことよ」

「死んだかみさんの身内もいないのかねえ」

「それはいる」

と父親の長作は言った。

「なんでも四ツ谷の方で商売をしている家らしいや。それが親の許されねえ何とかで、所帯を持ってからは行ききしていねえ。だから、お通夜にも誰も来ねえし、葬式には、姉だという人が一人来たには来たが、長屋の連中にもろくな挨拶《あいさつ》もなしに帰っちまったという話だ」

「子供が可哀そうだよ、子供が」

「だからあれも、仕事に行く気にもなれず、ああしてぼんやりしているわけよ」

「とりあえずお乳は、お増さんがやっているそうだけど」

「そうか。そいつはま、よかったじゃねえか」

おてつの眼に、一人の男の姿が浮かんでいる。いつも日焼けが醒《さ》めないような黒い顔をし、細い眼が哀《かな》しげに見える無口な男である。年は二十七、八。男は十日ほど前、女房に死なれ、両腕に乳吞児《ちのみご》を抱えてしょんぼりしている。そうでなくとも優しく、もの哀しげな眼がいまにも泣き出しそうに見える。男の名は伊作。腕のいい蒔絵師《まきえし》だというが、おてつには若いのに何となくじじむさいだけの男にみえる。

両親の話すのを聞いていて、その理由が解《わか》ったような気がした。要するに田舎者なのだ、あの男は。朝出、居残りで律義《りちぎ》な稼ぎぶりだったのも、そのせいなのだろう。気の毒だとは思うが、男に同情する気は起こらない。人には言えないことだが、おてつは男の死んだ女房おちせが、あまりほめた女でないことを知っている。それに気づかずにせっせと働きづめだった男に、軽い軽蔑《けいべつ》の気持すら持っている。哀れな男に違いないが、そう思う気持の底に微《かす》かに腹立たしい気分が沈んでいる。

ただ、子供は可哀そうだった。乳離れにまだまだ間のあるその女の子は、おけいと名付けられているが、日がな一日泣きわめいている。親の顔も知らないなりに、乳をくれるものがいなくなった感触が解るのかと思うほど、泣く。おとなしいのは、同じ長屋のお増の、やや皺《しわ》ばんではきたものの、大きさでは若いものにひけをとらない乳房を握っているときだけのように見える。

お増はつい半年前子供を産んだばかりだが、その子が八人目である。四十になってまた腹が大きくなったときはさすがに、「ほんとに恥ずかしい」などと言い言い、裏《うら》店《だな》の連中の顔色を窺《うかが》う様子だったが、裏店のものはまたかと思っただけである。このお増が、おけいを引きうけて、両方の乳房に、息子の斧吉《おのきち》とおけいを吸いつかせているのを、おてつも見た。

「いま帰ったぜ」

戸が開いて威勢のいい兄の声がした。

「あれ？　おてつはもう寝ちまったかい」

どしんと畳に尻《しり》を落とす音が聞こえた。お香こだけでいいよ、お茶漬を喰いてえんだ、とお勝に言っている。

「一ぺえやって来たんだ。仕事場に作次がやってきてよ」

おてつはどきりとした。作次は兄の藤太郎の兄弟子だった男で、おてつの婚約者のような形になっている。川越に大きな仕事があって、ひと月ほど江戸を留守にしていたのだが、やっと帰ってきたらしいと思った。

作次は姿がいなせで、男らしく引き緊《しま》った顔をしている。その顔を思い浮かべると、おてつの胸は、擽《くすぐ》ったいような気恥ずかしいような思いに誘われる。作次と藤太郎は二人とも大工である。南本所の三笠町に住む清五郎という棟梁《とうりよう》について、作次はもう鑑札をもらって、浅草三間町の与兵衛という大工に勤め、藤太郎はいま清五郎の家でお礼奉公を勤めている。

「川越の方の仕事が終って、今日帰ってきたばかりだというから、帰りがけにちょっと飲み屋に寄ってきた」

「家《うち》には来ないのかね」

とお勝が言っている。相弟子のころに、作次はよくおてつの家を訪ねてきた。作次は北本所に住んでいるが、早く母親を亡《な》くして父親と二人暮らしだった。

そういう作次の境遇がわかると、お勝はご馳走《ちそう》を喰わせたり、綻《ほころ》びを縫ってやったり、息子が二人いるように世話を焼いた。そんなつきあいの中で、娘むすめしてきたおてつを、作次の嫁にという空気が自然に生まれて、去年の暮にははっきりと話が決まったのである。作次の父親も喜んでいた。秋には親方の清五郎を仲人に頼んで、小ぢんまりと祝言《しゅうげん》を挙げようということになっている。

「それが次の仕事が待っていて、明日からそちらにかかるので、そのひまがない。それで川越のおみやげだなんて、これをくれたぜ」

「おや、まあ」

紙をひろげる音がした。

「いい柄じゃないか。おてつが喜ぶよ」

作次が反物かなにかをみやげに買ってきたらしかった。作次は物言いもさっぱりして、男らしい気性だが、がさつな男ではない。そういう優しさを持っていることは、これまでのつき合いで解っている。

おてつを幸福な感情が包む。おてつは布団の中で、のびのびと手足を伸ばした。三月の夜は寒くはない。若い身体《からだ》に、微かな火照《ほて》りが宿っている。

作次はいつ来るだろうか。

「それでいつ来るとは言ってなかったかい」

「うん、今度の休みに必ずくるって言ってたぜ」

「おてつは、ま、いい相手が見つかってしあわせだぜ」

長作の声がして、続いて大きな欠伸《あくび》の声がした。

その欠伸に誘われたように、おてつに眠りが兆《きざ》してきた。赤ん坊がまた泣いていると思った。そう思っただけで、おてつは小さな欠伸をすると、眼をつぶった。

二

立ち止まったのは、赤ん坊の泣き声があんまりひどかったからである。火がつくように泣いているが、誰かがなだめている様子でもない。

おてつは戸を開けた。家の中は赤ん坊の泣き声だけである。

――ほったらかしで出かけたのかしら。

おてつは上り框《がまち》ににじり上がって、突き当たりの障子を開けた。

男の黒い背が見えた。伊作である。伊作は胡坐《あぐら》をかいて首を前に垂れているので、首無しの胴が坐《すわ》っているようだった。おけいが窓ぎわの小布団の上で、亀《かめ》の子のように手足を縮め、真赤な顔をして泣き喚《わめ》いている。

「ちょっと」

おてつは呼んだ。伊作があわてて振り向いた。赤ん坊の泣き声で、障子が開いたのに気づかなかったらしい。

「…………」

おてつはバツの悪い顔になった。伊作の眼は真赤で、鼻のわきに涙のあとがある。泣いていたらしい。悪いところを見てしまった、と思ったが、すぐに腹が立ってきた。

――なんて意気地ない男だろう。

「どうしたんですか。そんなに泣かせて」

おてつは思わずなじるように言った。

「へい」

「おなか空《す》いてんじゃないですか。お増さんには行って来たんですか」

「へい、まだで」

「だめでしょ」

おてつは叱《しか》りつけるように言った。ごめんなさい、とも言わずに部屋に上がりこんでしまった。

おけいを抱き上げて、指をしゃぶらせてみた。すると、おけいは泣きやんで驚くほど強い力で指を吸った。

「ほら、おなかが空いてるんだわ」

それが乳首でないとわかって指をはなすと、おけいは、前にも増してぎゃっぎゃっと声を張りあげて泣き出した。

立ち上がってきた伊作の脇《わき》をすり抜けながら、おてつはふくれっ面《つら》で言った。

「あたしがお増さんとこに連れてってあげますよ」

じっさい腹が立っていた。やもめだかかもめだか知らないが、一人前の男が赤ん坊のお守りひとつ出来ないという話は聞いたこともない、と思った。おまけにどこの世界に、子供と一緒になって泣いている父親がいるものだろうか。

「ほんとに腹が立つねえ。おけいちゃん、あんたあんなお父ちゃんと一緒じゃ、いまに干ぼしにされちゃうよ」

おてつは力強く泣き続けているおけいの、赤く膨らんだ頬をつついた。

お増はちゃんといた。すぐにおけいに乳を含ませながら、

「遠慮してんだよ、あのひとは」

とお増は言った。

「乳なんか、このとおりたっぷり出るんだから、遠慮なぞいらないってのによ」

「そうかしら」

「そうさ。おとなしいも時によりけりだわよ。ねえ、おけいちゃん」

「おとなしいひとだから」

おけいは夢中になって、お増の乳房を両掌《りょうて》でつかみつかみ乳を吸っている。

「見ちゃいられないから連れて来たんだけど、あたし出しゃばったかしら」

「そんなことはないよ。てっちゃん、あんたからも言っとくれ。遠慮なんかこれっぽっちもしなさんなって」

腹がくちくなると、現金なものでおけいはとたんに機嫌よくなった。ちょっとあやすとすぐけらけらと笑い出す。可愛らしかった。

おけいをあやしながら、おてつは伊作の家に戻ったが、おしめがひどく臭いのに気づいた。

「おしめ出して頂戴《ちょうだい》な。かえてあげますから」

おてつと子供を迎えて、のっそり立っている伊作にそう言った。伊作はあわてて隣の部屋からおしめを出してきた。

開いてみると、子供の股ぐらはすっかり汚れてひどい臭《にお》いだった。股ずれが出来て赤くなっている。小まめにとり換えていない証拠だった。

「濡《ぬ》らしたままにしておいちゃ、いけないんですよ。ほら、赤くなってるでしょ」

とおてつは言った。伊作は膝《ひざ》をそろえてかしこまっている。

「お店の方は、あれからずうっと休んでるんですか」

おてつは黙っているのが気詰りで、手を動かしながらそう言った。

「へい。こんな有様なもので」

「でも、いつまでも休んでいるわけにもいかないでしょ」

「そうなんですが、弱っちまいました」

伊作は溜息《ためいき》をついた。おてつはちらと伊作を見た。暗い顔をして、途方にくれているように見える。

――じっさい、子供がいてはどうしようもないかも知れない。

おてつは、少し男に同情が動くのを感じた。

「お店に、赤ちゃんを背負って行くということは出来ないんですか」

「そういうわけにもいかないんで」

「向うにお乳をくれる人がいればねえ。背負って行って、あとはお店に預かってもらうといいんだろうけど」

「店のかみさんは、子供が嫌いな人ですから」

「お、よし、よし」

おてつは下を換えてもらって、機嫌のいい笑い声を立てたおけいをあやした。

「おかみさんの実家《さと》の方は、どうなんですか」

「…………」

伊作は黙ってうつむいている。

「それじゃ困ったわね」

おてつは言ったが、少し深入りしすぎた気がした。立ち上がったおてつに、伊作がもぐもぐと口籠《くちごも》りながら、お礼らしい口上を述べた。

家の前まできて、おてつは立ち止まった。ぎゃっ、ぎゃっと泣き喚いていたおけいの顔を思い浮かべていた。そして折れるほど首を垂れて泣いていた伊作の姿が浮かんでいた。

――じっさい泣きたいほどなんだろう。

と思った。あの時は、意気地のない男だと思ったが、伊作もどうしようもなく困っているのだ、ということは察しがついた。

おてつは足を返した。

伊作の家の前まで来ると、あーあーと何か喋《しゃべ》っている赤ん坊の声が聞こえた。戸を開けると、米をといでいた音が止《や》んで、台所から伊作が顔を出した。

「おけいちゃんは、あたしが預かってあげますよ」

とおてつは言った。伊作は細い眼をみはっておてつをみたが、あわてて手を振った。

「そんなことは出来ません、おてっちゃん」

「だって、このまんまじゃいつになってもお店に行けないでしょ？　そうしたらどうなるんですか。赤ちゃんと一緒に干ぼしになっちゃいますよ」

伊作はうつむいたが、すぐ顔を挙げた。

「でもそんな迷惑はかけられません」

「昼の間だけだもの」

おてつはつとめて気軽な口振りで言った。

「家には、おっかさんもあたしもいるんだし。おけいちゃん一人ぐらい面倒みられるのよ。お店から帰ってからは知らないけど」

向両国の広場で、小屋掛けの軽業をみてから、おてつは作次と連れ立って両国橋を渡った。

三

橋を渡ると、作次は川端を左に曲った。その先から薬研堀《やげんぼり》のあたりは、水茶屋や寄合茶屋が並んでいる。並んで歩くと、作次は背が高く姿がよく、おてつは誇らしいような気持になった。しばらく見ない間に、作次には腕のいい職人らしい貫禄《かんろく》さえ加わったようだった。

「一寸《ちよつと》その辺で一服して、それからぶらぶら上野の方に行ってみようじゃないか」

「ええ」

「池ノ端《はた》に、生きのいい魚を喰わせる店がある。そこで晩飯でも喰おうや」

と作次は言った。おてつはちらりと作次の顔を見た。上野とは遠いところまで歩く、と思ったのである。不忍池《しのばずのいけ》のあたりに、出合茶屋というものがある、とも聞いている。家から離れた遠いところに連れて行かれる不安があった。

だがその不安は不快ではない。作次が一緒なら構わないという気がした。

水茶屋に入って、二人はお茶を飲んだ。

「軽業をみたのはひさしぶり」

とおてつは言った。高く張った一本綱の上で、芸をしてみせた若衆姿の娘の姿が眼に残っていて、おてつの胸には、まだ軽い興奮がある。

「面白かったかい」

「ええ」

「俺もひさしぶりだ。三笠町にいた時分には、よく親方の眼を盗んで、このあたりにきたもんだけどな」

二人は他愛ないお喋りをした。作次は川越から帰ったあとも忙しくて、しばらくぶりにおてつの家に来たのである。話すことはいくらでもあった。

だが、その話の間に、おてつは時々気になるものがはさまるような気がした。何か忘れものをしている感じがある。

やがて、あっと思った。

「いま、子供を預かっているのよ」

「子供だって？」

作次はあっけに取られた顔になった。

「ええ、赤ん坊なの。同じ裏店《うらだな》にいる人の子」

おてつは伊作と赤ん坊のことを喋った。伊作という男が意気地なしで、赤ん坊と一緒になって泣いていたこと。おけいという赤ん坊が可愛いことなどを勢いづいて喋った。

伊作はじっさい意気地のない男で、店に通えるようになったものの、夕方おてつの家に赤ん坊を受け取りにくる姿は、依然としてしょんぼりと塩たれて、気の毒なほどだった。

「その人、死んだおかみさんが忘れられないのね。そりゃ赤ん坊の世話も大変には違いないけど」

「なるほど」

作次は言ったが、気がないような感じだった。それがおてつには少し物足りなかった。

「この頃おけいちゃん、あたしになついちゃったみたいなのよ。わりに機嫌のいい子なの。何か知らないけど、一所懸命話しかけてきてさ」

乳の香が匂《にお》うおけいの小さな唇が、不意に生なましく思い浮かんできた。

――おっかさん、ちゃんと乳もらいに行ってくれたかしら。

お勝は筆作りの内職をやっている。じっとしていることが嫌いで、いそがしく働く。おてつも手伝うことがあるが、お勝のまわりには、いつも兎《うさぎ》の毛や馬の毛が散らばっている。

——おけいが拾って口に入れたりしないかしら。

おてつはそんなことが心配になってきた。

「幾つぐらいの人だい。その伊作って人は」

「二十七かしら。八かも知れない。作次さんより一寸上みたい」

「それじゃ大変だ。代りのかみさんもらわないことにはしょうがないだろう」

「かわりのかみさんて言っても」

おてつは伊作の塩たれた風体《ふうてい》を思い出して、くっくっ笑った。

「あまり見栄《みば》えのしない人なのよ、それが。作次さんとはだいぶ違うもの。その上子持ちでしょ」

作次は苦笑したが、悪い気持ではなさそうな表情だった。

「さてと」

作次は立ち上がって女中を呼んだ。

「そろそろ行くか」

ええ、と言ったが、おてつは気持が茶屋に入る前より弾まないのを感じた。七ツ（午後四時）を少し廻った時刻だが、伊作が裏店に帰るまで、まだ一刻《とき》（二時間）はたっぷりある。

お勝はそろそろ台所にかからなければならない時刻である。伊作が帰るまでに一度、お増のところに乳もらいに行くのだが、お勝にそれができるだろうか。

おけいの泣き喚いている赤い顔が眼に浮かぶ。それを見ながら、お勝が悪態をついている姿も見える。お勝は赤ん坊を預かることに乗り気でなかった。強硬に反対するのを、おてつが説き伏せたのである。

「悪いけど」

両国橋の袂《たもと》まで戻ったとき、おてつはとうとう言った。

「あたし、今日はこれで帰るわ」

「どうしたい？」

作次は驚いたように言った。

「子供が気になるの」

「子供？」

一瞬作次の顔に険しい色が走ったようだった。

「子供ったって、あんたの子供じゃないだろ」

作次にしては、珍しく皮肉な口調だった。不機嫌な顔になっている。おてつは微《かす》かな怯《おび》えが心をしめつけるのを感じた。作次の機嫌をそこねたことは明らかだった。だが、作次と上野に行って、晩飯を馳走《ちそう》になる、という気分はもう失なわれていた。おけいの泣き声が、耳の奥で鳴り続けている。

「おっかさんが大変なんです。もうそろそろ夕方だし」

「しょうがないな」

作次は舌打ちした。

「でも、さっきは一緒に行くつもりだったんだろ?」

「ええ」

なぜかかたくなな気持になっていた。

「済みません」

「謝ることはないさ」

作次は憮然《ぶぜん》とした声で言った。それからさっぱりと決心したように、

「じゃ、またな。俺一人で行ってくる」

と言った。

作次の長身が、広小路の雑踏にまぎれ、やがて見えなくなるのを、おてつは茫然《ぼうぜん》と見送ったが、やがて橋を渡りはじめた。

取り返しがつかないことをしたような気がしていた。作次を怒らせてしまったことが、気分を重くしている。作次がなぜ怒ったか、おてつには解《わか》っている。作次は、夕ぐれから夜のひとときを、おてつと二人だけで過ごそうとしたのだ。出合茶屋というところに行くつもりだったかも知れなかった。その先はおてつには解らない。ただ漠然とした恐れのようなものがそこにあった。子供にかこつけて、眼の前にあるその恐れから逃げたような気もした。だが、作次が望むなら、そうした方がよかったかも知れない。

うなだれて、おてつは町を行き、やがて裏店の木戸を入った。

どこかで赤ん坊が泣いている声がする。おてつは、はっとなって顔を挙げた。家の前まで小走りになっていた。

戸を開けると、おけいの泣き声と、お勝の大声が耳を搏《う》った。

「おーら、おら、おら。泣くんじゃないよ」

「済みません、おっかさん」

おてつは家に駆け上がった。台所から、赤ん坊を背中に括《くく》りつけたお勝が、怪訝《けげん》そうな顔で振り向いた。

「おや、どうしたの？」

「帰ってきちゃった」

「帰って来たって、作次さんはどうしたんだい」

「うん、途中で別れちゃったの」

おてつはいそいで母親の背中から、赤ん坊を引きはがした。するとおけいは泣き止んで、おてつの顔をみると「うまうま」と言った。

「お乳まだなんでしょ？」

「ちゃんともらってきたよ。変な子だよ、お前に抱かれたらけろりとしてるじゃないか」

お勝は言ったが、まだ気づかわしそうに言った。

「作次さんと一緒に帰ってくるんじゃないかと思ったのに」

「なんか用があるんだって、あの人忙しいのよ」

とおてつは言った。まさか赤ん坊が心配で帰ってきたとは言えなかった。

四

湯屋から戻ってくる途中で、おけいを抱いた伊作に会った。

「こんばんは」

おてつは声をかけたが、伊作はうなだれたまま通りすぎた。おけいが気づいて、

「うま、うま」と言った。

――変なひと。

おてつは首をひねって見送ると、裏店の方に向かった。月が出ている。それに隣町の細川能登守《のとのかみ》下屋敷で出している辻番所《つじばんしょ》の高張提灯《たかはりぢょうちん》の明かりがあった。顔がわからない筈《はず》はなかった。げんにおけいは気づいたじゃないの、と思った。

家へ帰ると、長作と兄の藤太郎が晩酌を飲んでいた。

「おい、おてつ」

藤太郎が、自分の部屋に入るおてつに声をかけた。

「こないだ、作次が飯喰おうて言うのを断わったんだって」

「だって遅くなると思ったから」

「おや、あたしにはそう言わなかったじゃないか」

と台所から入ってきたお勝が言った。

「何でもいいが、作次は何かご機嫌斜めだったぜ。楽しみにしてたらしいんだ」

「作次さんと喧嘩《けんか》などやめとくれ。せっかくいい縁談がまとまったんだから」

「喧嘩なんかしてないわ」

とおてつは言ったが、別のことが気になって上の空だった。ひどく元気がなさそうだった伊作の姿が眼に残っている。伊作などどうでもいいが、「うま、うま」と呼びかけたおけいのことが気にかかる。

「おっかさん、ちょっとそこまで買物に行ってくる」

おてつは言って家を出た。

伊作は、泉州岸和田の殿様、岡部内膳正下屋敷と土屋家の塀の間を入って行ったのである。小名木川の川端の方に行ったと思われた。

おてつはいそいで袋小路のようなその道をいそいだ。道は鍵《かぎ》の手に曲っており、角に辻番所があって、塀にはさまれた道を提灯が照らしていた。そこを抜けると川端に出た。小名木川の流れに、月明かりが砕けている。

——あら、いた。

おてつは立止った。新高橋の手前に、人影が蹲《うずくま》っている。紛れもなく伊作だった。

「おー、おー」と喋《しゃべ》っているおけいの声が聞こえる。伊作は懐《ふところ》に子供を抱えたまま、落ちこむほど川っぷちに身体《からだ》を乗り出して、じっと蹲っている。

人通りは全くなく、微かな水音と、おけいの機嫌のいい声だけが聞こえる。時どきおけいが元気よくふんぞりかえり、白い蹠《あしうら》が踊った。そのたびに伊作は抱えなおすが、顔は上げないで、川を眺めているだけである。

岡部家下屋敷の塀端《はず》れによりかかったまま、おてつは黙って親子を眺めた。

——ああして、何を考えているんだろ？

と思った。

おけいをおてつが預かったので、伊作は勤めに出られるようになったのだが、それで楽になったというわけではない。寝るまでに、もう一度乳もらいがあるし、米もとがなければならない。洗濯もしなくてはならない。

伊作が、月明かりをたよりに、裏店の井戸端でこそこそ洗い物をしているのを見たことがある。夜中に赤ん坊が泣き出せば、起きてあやさなければならないだろうし、男は疲れ切っているのだ、と思った。

——死んだかみさんのことでも思っているのかしら。

でもそれを思うくらいなら、少し身なりに気を配って、代りの人をもらうことでも考えたほうがいいのに、とおてつは思う。十日ほど前、お増の亭主の七蔵が、後添えでいという女を連れてきて、伊作の家で見合いの真似《まね》ごとをさせた。だがやつれた顔に無精ひげをはやしたままで、着る物はすっかり垢《あか》じみ、聞かれることにろくに返事も出来ない伊作に、相手の女はひと目見ただけで愛想をつかしたらしく、すぐ断わりの返事がきたとお増に聞いている。

不意に裾《すそ》を乱しておてつは走った。立ち上がった伊作が、おけいを摑《つか》んで腕を突き出し、川に投げこもうとしているように見えたのである。何も知らないおけいがけらけら笑う声がした。

その笑い声に、一瞬気を殺《そ》がれたように、伊作の動きがとまったので、おてつは間に合った。

ひったくるようにおけいを抱き取ると、おてつはいきなり伊作の頰を張った。

「なんてことをするの、あんた」

おてつは息を弾ませて言った。怒りで眼がくらんだようになっていた。伊作は茫然とおてつを眺め、それからおけいを眺めた。

「あんた、この子を川に捨てようとしたね。あたしは見ていたんだから」

おてつは烈《はげ》しく言い募った。返事によっては、もうひとつ頬を張りかねない勢いだった。

「この子だけを……」

伊作がぼんやりした口調で言った。

「死なせるつもりじゃなかった。俺も一緒に死ぬつもりだった」

「へん」

おてつは嘲《あざわら》笑った。猛々《たけだけ》しい気持になっていた。

「こんな川に落っこったところで、大人は死に切れませんよ。ばかばかしい」

「…………」

「めそめそと、死んだおかみさんのことを考えているらしいけど。あんた、おかみさんがどんなひとだったか、知ってるんですか？」

「………？」

伊作が細い眼をみひらいておてつを見た。

「男がいたんですよ、あのひとには」

藤堂和泉守《いずみのかみ》蔵屋敷のそばに、小さな料理屋がある。その先の横網町にいるお針のお師匠さんに、おてつはついこの春先まで通っていたが、あるとき料理屋から出てくるおちせを見た。おちせは一人ではなかった。塀脇《わき》にかくれたおてつのすぐ眼の前で、男と女は大胆に抱き合い、それから右と左に別れて行った。去年の秋の夜のことである。

その後二度、おてつはその料理屋から出てくるおちせをみている。男は肥《ふと》って大きな身体をしていたが、おてつが知らない顔だった。

「嘘《うそ》だ。そんな筈がない」

と伊作が言った。伊作の眼は光り、声が顫《ふる》えている。

「嘘なんか言ってませんよ。あたしはこの眼で見たんだから」

「でたらめを言うな」

伊作が鋭い声で言い、いきなりおてつの腕を摑んできた。強い男の力だった。骨が砕けるかとおてつは思った。

「でたらめだ。そんなことは俺は信用しないぞ」

「信じないんなら、それでいいじゃありませんか」

おてつはこわくなって言った。伊作の眼は人を殺しかねない狂暴な光を宿している。

「離して頂戴《ちょうだい》な。痛いじゃありませんか」

「このあま！」

いきなり頰を殴られて、おてつはよろめいた。おけいが泣き出した。おてつはおけいを懐に抱き込むようにかばって、後向きに蹲った。その首と肩に、伊作の拳《こぶし》が降りかかった。おてつが、おけいの上に覆《おお》いかぶさるようにして、耐えていると、拳の勢いは急に弱まってやがて止まった。

ひっそりした時間が過ぎ、川水の音がひびいた。

「済まなかった。おてっちゃん」

ぽつりと伊作が言った。おてつは立ち上がって伊作を見た。伊作は深くうなだれている。

「あんたのようないい人はいないと、いつももったいなく思っているのに。俺はどうかしている」

「あたしだって、そんなこと言うつもりはなかったんですよ。死んだひとも、あんたも可哀そうだから、誰にも言わないつもりだったの」

そう言ったとき、おてつは伊作とひとつの秘密を共有したように思った。

「……………」

「でも、あんたがあんまり意気地なしだから」

伊作がちらりと眼を挙げた。

「今夜は、おけいちゃんはあたしが預かって帰ります。あんたと一緒に置いたんじゃ、何されるかわかりませんからね」

おてつは足早にそこを離れた。泣きやんだおけいが、うま、うまと言って乳房を探りにきた。擽《くすぐ》ったかったがそのままにしておいた。肩のあたりがずきずきと痛む。

――なんて馬鹿力《ばかぢから》なんだろ。

また腹立ちがこみ上げてきて、おてつは塀の曲り角で橋の方を振り返った。月に照らされて、伊作はしょんぼりこちらをみて立っている。哀《かな》しそうな立ち姿だった。

五

「今日はまさか逃げ出しゃしないだろうな」

作次は笑いながら言った。ええ、大丈夫よ、と言ったが、おてつは自分の笑いがこわばっているのを感じた。

出合茶屋だと思われる、不忍池のそばのその店に、作次は無雑作に入った。部屋に通ると、作次は女中に酒をいいつけ、すばやい手つきで心づけを渡した。このひとは、こういうところに入るのが初めてではないようだ、とおてつは思った。作次は物慣れたふうで、落ちついている。

そういう作次をみていると、おてつは自分はこのひとのことを何も知らない、という気がした。

——まだしもあのひとの方をよく知っている。

不意にそう思った。おてつの眼に、同じ裏店《うらだな》のもの哀しげなやもめの姿が映っている。そういう形で作次と見くらべたことは一度もない。あわてて、おてつは伊作の姿を眼の裏から消した。

「どうだい。一杯やらないか」

作次が盃《さかずき》をさしてきたが、おてつは首を振った。

「少し飲んだらいいのに」

作次は不満そうに言ったが、おてつはかたくなにうつむいたままでいた。そうしていると、急に強い不安に包まれるのを感じた。

上野に行こう、と誘われたとき、おてつは作次が何を望んでいるかが解った。強いためらいがあった。だが、おてつにはこの前作次の期待をはぐらかしたという負目がある。黙ってついてきた。五カ月後には祝言《しゅうげん》をする間柄である。作次の望みが理不尽だとは言えない。

「あんたが飲まないから、一人で酔っちまったぜ」

作次が笑いかけるのに、おてつはぎこちない笑いを返した。

「おや、何にも食べてないんだな」

作次は言った。箸《はし》を割ったが、おてつは出ている皿に手をつける気にならなかった。胃の腑《ふ》のあたりに、ものが一杯詰まっているようで胸苦しい感じがする。

不意に作次の手が伸びてきて、おてつは酒くさい匂《にお》いに包まれた。おてつは身体を固くしたが、作次の手の動きは巧みで、いつの間にか胸の中に抱き込まれていた。のぼせたようになって、おてつは唇を吸われた。火が燃えているように身体が熱くなっている。そして身体が浮いた。

作次の手で布団《ふとん》の上に横たえられたとき、おてつはふっと、このひとずいぶん女を扱い馴《な》れている、と思った。作次はなめらかに手順を運んでいた。

また唇を吸われて、おてつはのぼせたようになった。その間に、作次の指が動いて、帯を解いているのが解る。濃い男の体臭が押しよせてくる。

冷たいものが、ふくらはぎを撫《な》でたとき、おてつはぴくりと身体が顫え、不意に眼が覚めたように意識がはっきりした。冷たいものは作次の指だった。指は次第に膝《ひざ》から腿《もも》に這《は》い上がってくる。

ふとおてつは、赤ん坊の泣き声を聞いたような気がした。おけいが泣いている。

「ちょっと待って」

おてつは作次の手を押さえて起き上がった。そのまま耳を澄ませたが、赤ん坊の泣き声など聞こえなかった。だが、潮がひくように気持が醒《さ》めて行くのが解《わか》った。

おてつは乱れた裾を直した。

「どうしたんだい」

寄り添っている作次が苛立《いらだ》った声を出した。

「あたし」

おてつは立ち上がって帯を拾った。

「帰ります」

「どういうことなんだ、そりゃ」

作次も立ち上がってきた。

「ここに来たからには、承知だったんだろ」

作次はおてつの腕を押さえたが、おてつは振り払って手早く帯を締めた。

「おい」

作次の声音《こわね》が変った。

「また赤ん坊かい」

「…………」

「あんた、その何とかいう男やもめに惚《ほ》れてんじゃないだろうな」

「…………」

「どうなんだ？　黙ってちゃ解らねえぜ」

作次に肩をゆさぶられて、おてつは首ががくがくした。荒っぽく労《いたわ》りのない手の動きだった。

「そんなことはありません」

「嘘つきやがれ」

作次はおてつを突き飛ばした。おてつは一ぺんに襖《ふすま》ぎわまでふっ飛んで倒れたが、すぐに起き上がった。

「あたし、帰ります」

「ああ、帰れよ」

作次の眼が、憎悪《ぞうお》に光っているのが行燈《あんどん》の灯で見えた。

「人をなめるんじゃねえぜ。あんただけが女じゃねえよ。女なんか幾らでもいる」

おてつは出合茶屋を出た。暗い夜がおてつを包んだ。

――これであのひととはおしまいだ。

と思った。そう思ったがなぜか悔む気持が湧《わ》いて来なかった。いつからか作次との間に気持の喰い違いが出来ていたようだった。それがいつからだったかはわからない。

おてつは暗い道を急いだ。裏店の露地に入ったとき、おてつはおけいの泣き声を聞いた。伊作の家は、まだ灯がともっている。

しばらく立止って、おてつはおけいの泣き声を聞いたが、そっと戸を開いて土間に入った。

「こんばんは」

と声をかけたとき、おてつは心が決まった、と思った。障子の中には、おてつが面倒みなければ、誰もみてくれる者のない父親と子供がいる。この方がよかったのだ、と思った。

障子を開けた伊作は、びっくりしたようにおてつの顔をみて、しばらく黙ったが、

「これはどうも」と言った。

「上がっていいかしら」

とおてつは言った。伊作は「へい」と口籠《くちごも》ったが、

「こんなに遅く家に来ちゃ、家の人に怒られませんか」

と言った。心配そうな声だった。

おてつは黙って笑うと茶の間に上がった。上がるとすぐに、おてつはおけいのおしめを開いてみた。びっしょり濡《ぬ》れて、股《また》が赤くなっている。

「ほら、だめでしょ」

浮き浮きした口調でおてつは言った。

「まめに取換えないと、すぐこうなるんですから」

おしめを取換えてもらうと、おけいはすぐに機嫌がよくなった。おてつに抱かれると、うー、うま、うまと言って胸を探ってきた。幸福な感情がおてつを襲ってきた。

——この子の面倒をみて、伊作さんも身ぎれいにしてあげるのだ。

後にいる塩たれたやもめが、以前は見苦しくない男だったことを思い出していた。幸福な気持に衝《つ》き動かされて、おてつは襟《えり》をくつろげて胸を開いた。おけいの柔らかな手が乳房を摑《つか》み、巧みに吸いついてきた。

やがて乳が出ないのが不思議だという表情で、おけいは口を離し、おてつの顔を見上げたが、腹はくちくなっているらしく、機嫌よく乳房を手で叩《たた》いた。

おてつは声を立てて笑った。それから後に向き直って静かに言った。

「伊作さん、あたしをおかみさんにしてくれません?」

伊作はいっぱいに眼をみはっておてつをみた。その眼がおてつの開いた胸に落ちると、伊作はあわてて眼を伏せ、赤くなった。

やがて重苦しい口調で、伊作は言った。

「そんな冗談は、よして下さい」

「どうして冗談なの？」

「………」

「あたしは、本気よ」

家の者たちが怒るだろうな、と思った。その時はここに逃げてくればいい。おてつは自分の幸福に自信があった。作次のことは、ひどく遠い昔のことに思えた。

おてつは片手でおけいを胸に抱きながら、もう片方の手を伊作にさしのべた。

「おかみさんにするって、言って」

伊作はそれでも長い間おてつの顔を見つめたが、おてつがくたびれて手をおろしたくなったとき、漸《ようや》くおてつの手を握った。

伊作の手に少しずつ力が加わるのを感じながら、おてつは思った。

——ほんとに意気地なしなんだから。

秘密

一

おみつは時どき裏口に出て、外を覗《のぞ》いた。

四月の明るい日射《ひざ》しが、やや汚れた土蔵の白壁を照らし、土蔵のそばに立つ桐《きり》の木を照らしている。桐は大きな葉の下から、花の房をのぞかせていた。

土蔵の壁の下に、何かに使った残りらしい切石が四、五枚置いてある。舅《しゅうと》の由蔵がそこに腰かけていた。由蔵は、天気のいい日はよくそこに腰をおろしている。七十六で、手足が衰えている由蔵は、そこまで行くために杖《つえ》を使う。耳も遠くなっていた。

おみつは由蔵の様子をじっと窺《うかが》ってから、首をかしげて屋内に戻った。明るい外を眺めたあとで、家の中は不意に薄暗くみえた。

茶の間に戻ると、夫の康次郎が咎《とが》めるような口調で言った。

「まだそんな恰好《かっこう》でいるのか。早く支度しないと間にあいませんよ」

康次郎は羽織を着ればでかけられる恰好になっていた。

同業の筆屋で、江戸川橋に近い音羽八丁目に、山鹿屋という店がある。主人の藤七が、康次郎と懇意にしていた。今日康次郎は、山鹿屋に頼まれた縁談を持って、菊坂町まで行こうとしていた。先方は米屋で、おみつの遠縁である。それでおみつも一緒に行くことになっていた。

「ちょっと、お前さん」

おみつは膝《ひざ》をついて康次郎を見上げながら言った。康次郎は落着きなく立ち上がっている。

「悪いけど、一人で行ってくれませんか」

「一人で？　どうしてだね」

康次郎はあわてて腰をおろした。

「俺一人で行ったんじゃ、話が半端《はんぱ》になってしまうじゃないか」

遠縁のおそのという、その娘がいいのではないかと言い出したのは、おみつである。菊坂町の米屋では、今日二人が行くのを待っている筈《はず》だった。

「一人でも大丈夫ですよ。今日全部決めるというわけでもないんですから」

「それはそうだが、俺ひとりでは心細いな」

康次郎は本当に心細いような顔をした。康次郎は口下手な男である。

「なんで急にやめることにしたんだね」

「ちょっと気になるんですよ」

「気になる？　何がだ？」

「おじいちゃんですよ」

「親爺《おやじ》は外にいるじゃないか。それがどうかしたか」

「ちょっと、いつもと様子が変ってるんですよ」

　とおみつは言った。

「変っているって、どんなふうにだ？」

「どうって、ひと口には言えないけど」

「おかしいな。どれどれ」

　康次郎は立ち上がって茶の間を出た。おみつも後に従った。

　裏口から由蔵の姿が見える。由蔵は切石に腰をおろして、頬杖を突いている。二、三間先の地面に、筒形の桐の花が落ちて転がっている。由蔵はそのあたりをじっと眺めている。

「何ともないじゃないか」

　康次郎は拍子抜けしたように言った。

「どこが変なのか、さっぱり解《わか》らないね」

「考え込んでいるんですよ。ああやって」

「そりゃ人間だもの。誰だって考えごとぐらいするだろうさ」

「もう半刻《はんとき》もああしているんだもの」

由蔵は耳が遠いし、眼も霞《かす》んでいるからその必要もないのに、おみつは声をひそめた。

「半刻だって？」

釣られて康次郎もひそめた声になった。

「いつもはそうじゃないのか？」

「いつもはもっと杖をついて歩いたりしていますよ。あんな顔をして、考え込んでしまったのは初めてね」

「あんな顔って、年寄は大体ああいう顔をしているものだろ」

「いいえ、いつもとは違います」

おみつは断定するように言った。

「心配だから、やっぱりわたしは残ります」

「変な話だな」

康次郎は不満そうに言った。だがおみつの気持も少しは解る気がした。いつお迎えがきてもおかしくないような、衰えた年寄が、そうしてじっと考えている姿は、どこか哀れで、また無気味な気もした。

自分の父親ではあるが、康次郎はいつの頃からか由蔵と心を通じ合う方法を見失っている。由蔵の耳が遠くなり、耄碌《もうろく》がすすむのと、康次郎がいそがしくなるのと一緒になったせいもある。康次郎はいま四十八だが、四十を過ぎてから店の仕事、仲間の会合などのほかに、町会所《まちがいしょ》に顔を出すようになった。

いそがしい合間に、父親に話しかけることがあっても、こちらの言うことが聞こえなかったり、とんちんかんな返事が返ってきたりすると、ついそのままにした。めったに話すこともなくなり、あるとき気づいたら、父親と話が通じなくなっていたのである。

由蔵をみると、父親というよりも、もっと距離のある、他人ではないというだけの老人が家の中にいるような気がすることがあった。もちろんそういう感じが快いはずはなく、そういうとき康次郎は、とりかえしがつかないことが起きてしまった、強い後悔のようなものに心を責められるのであるが、幸いにおみつは由蔵の言うことが解り、またどういう方法でか、自分の考えを由蔵に解らせることが出来るようだった。

おみつにまかせておけばよい。康次郎は、由蔵と心が通じなくなった後悔に責められると、そう思うことでほっと難をのがれた気分になるのであった。

おみつは十七のとき嫁にきて、いま三十八である。

いまも、康次郎は、おみつがそう思うならまかせるしかない、と思った。実際ああして考えこんでいる年寄など、康次郎の手にあまるのだ。

「仕方がない。じゃ一人で行ってくるか」

「ええ、お願いします。おなみさんにお詫《わ》び言っておいて下さいな。いずれ改めておうかがいしますって」

おなみというのは、米屋の女房である。おみつは康次郎が茶の間に引き返す足音を聞きながら、またちょっと外をのぞいた。

由蔵は、まるで古い人形のように、じっと地面をみつめたまま、動く様子もなかった。皺《しわ》ばんだ横顔が見える。膝に肱《ひじ》を置き、立てた手の先に顎《あご》をのせていて、太い指が頬に喰い込んでいる。そのために、眼尻《めじり》から頬にかけてよけいに皺が目立った。

由蔵の眼は、瞬《まばた》きもしないで、二、三間先の地面を見つめている。哀《かな》しげにも見え、険しくも見える顔だった。今朝おみつに結ってもらった髷《まげ》が、小さく頭にのっている。

二

ところが、由蔵は女のことを考えていたのである。

あるひとつの記憶が浮かんできたのは、朝おみつに髪を結ってもらっているときだった。由蔵は、ふだん離れの隠居部屋に寝起きしている。年寄の常として、朝の眼覚めは早い。雨戸の隙間《すきま》から障子に白い光が射しこむか、射し込まないかという時刻に、計ったように眼が醒《さ》める。家の者が眼を覚まし、家の中が少しずつ騒がしくなるのは、それからだいぶ後である。朝の食事は、さらにまた後である。食事の少し前に、嫁のおみつか、孫のおもんが起こしにきて、着物を着たり、顔を洗ったりするのを介抱し、朝のお膳《ぜん》の前に連れて行く。

少し前までは、眼覚めてから起きる迄《まで》の時間が長く感じられた。障子に映る白い光をみていると、何かはかないものを見ているという気がした。それでも、年寄が朝早く雨戸を繰ったりしては、家のものに悪いだろうと思って、我慢を重ねた。

だがいつ頃からか、眼覚めてもすぐに起き上がって着物を着たり、雨戸を繰ったりする気持がなくなった。それがいつ頃からだったのか、由蔵にはわからない。

近頃は、眼覚めてもぼんやり障子の白い線を眺めている。そしてやはりはかないものを見ている気持はしたが、そのことが苦痛ではなくなっていた。そうしていながら、らちもない物思いに耽《ふけ》ることがあった。若く元気だった頃のことや、一度傾いた鶴見屋を建て直し、必死に働いて店を建て替えるまで盛り返した頃とか、そうかと思うと、とんでもない子供の頃のことなどを切れ切れに思い出すのである。

だが、今朝の物思いは、床の中でのことではなかった。食事が済んだあと、由蔵はおみつの手に縋《すが》って離れまで戻ったが、おみつが、いいお天気だから髪を結いましょう、と言った。由蔵はほどよく温かい日が射す縁側に、座布団《ざぶとん》を敷いてもらって、髪を結ってもらった。

いくらも食べていないのに腹がくちく、そうして髪をいじってもらっていると、眠気が兆《きざ》してくるようだった。そのとき、不意に若い頃にした、たった一度の悪事が思い出されたのである。それは長いこと忘れていたことだった。

二度と思い出したくないために、蓋《ふた》をしてしまった記憶が、水の底から気泡が洩《も》れ出るように、突然浮かび上がってきたようだった。それは切れ切れの思い出で、人の名前や、事の成行きが幾度も前後したり、縺《もつ》れた糸のように絡《から》み合ったりした。漸《ようや》くその時起こったことが、納得できる程度に筋道がたったのは、髪を結い終って、おみつが部屋を出て行ってからである。

二十一の由蔵は、鶴見屋の手代だった。店に坐《すわ》っているだけでなく、大きな商家や寺院、ときには大名や旗本の屋敷に品物を持参した。気心が知れたとくい先を回るだけでなく、時には初めての寺や屋敷の門も潜《くぐ》る。新しいとくい先をつかむためである。大きな寺などは、大概出入りの筆屋が決まっていたが、そういうところにも、由蔵は二度、三度と足を運んで、熱心に弁じて筆でなければ墨、墨もいらなければ紙を置いてもらった。勘定は節季《せっき》払いなので、そうして一度置いてもらうと、節季に行ったときには、前に置いたものは大体使ってあって勘定がもらえた。それがきっかけで思いがけない大きなところがとくい先に転がりこんでくることがあった。

店に坐って、来た客に売っているよりも、そうして外を回って商いをする方が、由蔵の肌にあった。仕事に張り合いを感じた。事実手代として外に出るようになってから、由蔵は何軒かの新しいとくい先を、鶴見屋の客に加えている。

鶴見屋は、主人の喜兵衛のほかに、番頭、由蔵、ほかには小僧が二人いるだけである。みんなが店に顔を並べるほど、大きな店でもなく、またそれほど繁昌《はんじよう》しているわけでもなかった。店番は、主人か番頭のほかに一人もいれば用が足りた。そういう意味では、由蔵は鶴見屋に向いた男といえた。

喜兵衛は由蔵の働きぶりを認めていたし、五十を過ぎて、外回りが億劫《おっくう》になっている番頭の宗六も、由蔵に仕事をまかせられるようになって、身体《からだ》が楽になったのを喜んでいた。

由蔵が、思いもかけない賭事《かけごと》に引きこまれたのは、そういう外回りをやっているときだった。小石川の金剛寺の裏手に関谷という旗本屋敷があって、ここは鶴見屋のとくい先だった。月に二度も紙を届け、その間に筆の注文もうける。

門番所にちゃんと年寄の門番がいる大きな屋敷だが、いつもひっそりと人気がない感じがした。

品物を納めて帰ろうとしたとき、門番の老人と話していた男が、由蔵を見かけて声をかけてきた。

「筆屋、お茶でも飲んでいかないかね」

その男が辰平《たつへい》という名の中間《ちゅうげん》だった。三十過ぎの、丸顔で血色のいい男だった。そのとき辰平の誘いを断われば、何のこともなかったのである。だが辰平は言葉をかわしたのはその日はじめてだったが、顔見知りだったし、他意ない笑顔に見えた。そして由蔵はそのとき確かに喉《のど》が渇いていたのである。

ついて行った長屋の中では、暮れるにはまだ半刻もあるというのに、賭事をやっていた。

賽子博奕《さいころばくち》ではなく、花かるたを使っていたが、金を賭ける本式のものだった。

辰平は冷えた麦茶を振舞ったが、そのあとでしつこく博奕に誘った。由蔵を長屋に誘ったのは、それが目的だったようである。由蔵は、仕事の途中だからと、ほとんど懇願するように断わったが、辰平はしまいには、博奕をしているところを見られて、そのまま帰すわけにはいかないと威《おど》した。地が露《あら》われたように、人相も言葉つきも険しくなっていた。

その日由蔵は、小財布に残っていた百文あまりの小銭のほか、外回りをするようになってから肌身につけていた南鐐銀《なんりようぎん》二枚を、瞬《また》く間に捲《ま》きあげられてしまったのである。

薄暗くなった屋敷町の道を、由蔵はみじめな気分で戻った。だが心を占めているのは、後悔ではなく勝負に負けたくやしさだった。花かるたのめくりようを知らなかったわけではない。知っていたから、最後には辰平の威しに応じたのである。辰平は遊びかたを知らなければ教える、と打って変った笑顔で言ったが、教えてもらう必要はなかった。

財布の小銭とは別に、肌に隠し持っていた二朱銀を出したのは、由蔵の方からである。

――しばらく遊んでなかったから。

と由蔵は思った。だから勘が働かなかった。そして運もなかったかも知れないと思った。ああいう遊びは、運が大きく働くのである。運さえあったなら、逆に儲《もう》けることも出来たと思うと、苦労して溜《た》め持っていた金を、あっけなく持っていかれたくやしさが募った。

関谷という旗本屋敷の長屋に、由蔵はときどき行くようになった。外を回る仕事が多くなっているのが好都合で、車輪の勢いで、その日の外回りを済ませ、そのあと一刻ほどを辰平の長屋で過ごすということが出来た。博奕を打っている連中とは、すぐ顔馴染《かおなじみ》になった。辰平が胴元で、同じ屋敷の小者が二人、ほかの武家屋敷の奉公人が一人、それに近くの水道町の古手屋《ふるて》の主人と、植木屋の次男坊などだった。ほかにも屋敷奉公をしているらしい身なりの男たちが二、三人、時どき顔を見せた。

彼らが話していることを聞くと、辰平は何年も前から、そうやって博奕の胴元をやっていたことがわかった。関谷という辰平の主人は、一時は御徒頭《おかちがしら》を勤めたが、三年ほど前から病気で寝ていることなどもわかった。どことなくひっそりした屋敷のたたずまいが、それで納得がいった気がした。

博奕は勝ったり、負けたりした。一時はそれまでの負けを全部取り返して、少し儲かった気がしたこともあった。だがそこでやめる気にはならなかった。博奕が面白くなっていたのである。

そして半年ほど過ぎた。ある秋の日の朝、由蔵は柳行李《やなぎごうり》の底をさぐって、何年もかかって溜めた金が、一文も残っていないのを知った。ことごとく博奕につぎこんだのであった。茫然《ぼうぜん》と、由蔵は二階の窓の外にひろがる秋空を眺めた。

だがそれで博奕をやめ、心を入れ替えようと考えたわけではなかった。どうしたらかるた勝負の元手を工面できるかを考えていたのである。

三

「おじいちゃん、何しているんですか」

不意に耳のそばで声がしたので、由蔵はきょろりと眼を動かした。みるとそばにおみつが立っていて両掌《りようて》を法螺貝《ほらがい》のような恰好《かつこう》にまるめ、話しかけている。康次郎など、たまに何か話しかけてきても、声が低くて何を言っているものかさっぱりわからないが、おみつの声はよく徹《とお》って聞こえる。孫のおもんの声も、おみつのようではないが解る。

「心配ごとでもあるんですか」

とおみつが言う。

――別に心配ごとというわけじゃないよ。

と由蔵は思いながら、おみつの奇妙な表情をみている。おみつの顔には、子供をあやすような表情が現われている。その作った笑いの底に、何か気遣わしげないろが隠されているようだった。

その表情に気をとられているうちに、由蔵はおみつに何を言われたかを忘れてしまった。由蔵は耳に手をあてた。

「さっきから、何をしているんですか、おじいちゃん」

と、おみつがもう一度言う。由蔵は合点した。

「考えごとさ」

「何考えてるんです？」

今日の嫁は少しうるさいな、と由蔵は思う。こんなに途中でわいわい言われては、朝から思い出せなくて、気になっている女のことが、ますますわからなくなりそうだった。それで、もうおみつを相手にしないで、また前を向いて、掌《てのひら》に顎を埋めた。

「ぐあい悪いわけじゃないでしょう?」

由蔵は首を振った。何を言っている、と思った。身体ぐあいはごくいいのだ。何の物音もしなくなったが、由蔵がまたきょろりと眼を動かすと、おみつが裏口の方に遠ざかるところだった。足音を盗むような妙な歩き方をしているのを、由蔵は怪《け》訝《げん》な眼で見送った。

すると裏口の前で、おみつが振り返った。由蔵と視線が合うと、おみつはにっと笑った。笑顔の中に、やはり子供をあやすようないろがある。今日の嫁はどうかしている、と由蔵は思った。

前の姿勢に戻って、由蔵はさっきまで考えていたことの続きを思い出そうとしたが、おみつに邪魔されて、どのあたりのことを考えていたのかわからなくなってしまっていた。仕方なく思い出したところから、また考え始めることにした。いずれにせよ、その女はただ一回の悪事の思い出のおしまいの方に出てくるのである。

——あの日の昼過ぎ、茶の間に忍び込んだのは、主人夫婦が留守だったからだ。いやまて。その前に関谷の屋敷の辰平にひどく威されたのだっけ。

由蔵は、血色のいい丸顔をした辰平のことを、懐《なつか》しい気持で思い出していた。辰平は若わかしい顔をし、そして由蔵はもっと若く、半分は子供のような顔をしている。

そう、辰平は凄《すご》い言い方をしたのだ。

「さあ、性根を据えて返事をしろよ」

と辰平は言った。

関谷家の屋敷は広くて、辰平と二人きりで立っている築山《つきやま》の陰は、森の中にいるように静かだった。松、杉、いたや楓《かえで》などの巨木が聳《そび》え、その太い幹を夕日が染めている。人声はまったく聞こえず、時おり葉陰に澄んだ小鳥の声が響くだけだった。

「貸した金が、五両になったのはわかっているな」

「………」

由蔵はうなずいた。改めてそう言われると、身体が顫《ふる》え出すようだった。五両などという金を返すあては、まったくない。手代になる前に、三両という金を溜めるのに何年もかかったことが思い出された。手代になって、一人前の給金をもらうようになったが、月に十両ももらうという大店《おおだな》の手代の話など、どこの世界のことかと思うほどしか頂いていない。しかしそれも住み込みで、喰わせてもらっている身分では、不平などおくびにも出せるわけはなかった。

――五両の借金をどうしよう。

辰平に借金までして、博奕を続けてきたのが、いまさらのように悔まれる。もっとも後悔はいま始まったことではなくて、溜めていた有り金を残らず吸い上げられたと知ったところから始まっている。だが半分でもいいから取り返したかった。何度かいい目が出て儲けたことがある。そういう吉運が回ってきたところで少し取り返して、それできっぱりやめるつもりだったのである。それが、いつの間にかここまで来てしまった。

「明日返してもらう。いいな」

「明日？　それは困ります」

由蔵は動顚《どうてん》して言った。

「明日などといわれても、私には一文の金もありません」

「そんなことはわかっているさ。じゃいつなら金が出来るんだね」

「………」

「それみろ、先にのばしたからって、金が出来るわけはないんだ。とにかく明日。それであんた、もうかるたはやめるんだな。あんたにはむかないと、皆もそう言っている」

「………」

「明日持って来いよ」

「そんな無理を言われても……」

「無理を承知で言ってるんだ。持って来なきゃ、こちらで取りに行く」

「どこに？　店にですか？」

「そう。あんたにもらえるわけはないから、鶴見屋さんにわけを話して、頂くよ」

「そんなことをされては困ります」

由蔵は追いつめられ、頭の中がのぼせたように熱くなっていた。

「そんなことされたら、わたしは終りだ。そんなやり方ってあるもんですか」

辰平が店に現われ、すったもんだがあって、やがて身ひとつで店を追い出される自分の姿が眼に浮かんでくる。博奕を打って、店に迷惑をかけた男と曰《いわ》くがついてしまえば、もう雇ってくれるところはなくなるだろう。一生が滅茶めちゃになる。

背筋が寒くなるのを由蔵は感じた。自分が立っている断崖《だんがい》の高さが、初めてはっきりと見てとれた。辰平が、うしろから背を押している。

辰平がくつくつ笑った。由蔵が赤くなったり青くなったりうろたえているのが楽しくてならないといった、意地の悪い笑い顔だった。笑顔の下に、突き放した場所から由蔵を眺めている、もうひとつの冷たい顔がのぞいている。

「そんなやり方というけどな。これが俺のやり方なのさ。いつもそうしている。だから貸した金を取りはぐれたことなどないよ」

「ひどい人だ、あんたは」

由蔵は恨みがましく言ったが、この相手に何を言っても無駄だという気がした。そして何と言おうと、五両の借金があるのは事実だった。

「とにかく店にくるのはやめて下さい」

それだけは、何としても喰いとめなければならないと、由蔵は火が燃えているように、熱く混乱している頭で思った。

「金は何とかします」

「明日だぜ」

疑わしそうに辰平は言った。

「いつでもいいって言ってるんじゃないぜ」

「ええ、何とかします。少しあてがありますから」

「本当かい？」

辰平はなお疑わしそうに、じろじろと由蔵の全身を眺めた。

「どっかに逃げようたって、そうはいかないぞ」

「そんなことはしません」

「よし。それじゃ刻限を切ろう。明日の暮れ六ツ（午後六時）までに持って来なよ。あんたを信用して待ってやろう」

「…………」

「だがそれまでにあんたが来なかったら、真直《まつす》ぐ鶴見屋に行くからな。こっちはあんたの証文を押さえてあるんだから、楽なもんだ」

辰平の言うとおりだった。六ツ刻まで金を届けられなければ、身の破滅がくる。漸《ようや》く解放されて関谷の屋敷の門を出たが、由蔵は足が宙を踏んでいるようにふらついた。

「おや、もう帰るのかい」と門番の爺《じい》さんが馴《な》れ馴れしく声を掛けてきたが、それにも答える気になれなかった。いっぱしの常連ぶって、時どき爺さんに餅菓子《もちがし》をさし入れしたことが、馬鹿《ばか》なことをしたものだと思い返された。さぞ爺さんは腹の中で笑っていただろうと思い、恥ずかしさがこみ上げてきた。

辰平にはああ言ったが、あてなどあるわけはなかった。心の中の闇《やみ》を見つめながら、凍えるような気分で、由蔵は暗い道を帰ったのだった。

翌日、由蔵はいつものように外回りに出たが、頭の中は辰平に返す金のことで一杯で、品物を持ったまま、小石川の祥雲《しょううん》寺門前から戸崎町のあたりをぶらついたり、そのあたりの寺院の境内に入りこんだりして時を過ごした。その間にも、どこかに金が落ちていないかと、眼はあさましく地面を探ったりした。
だが金など鐚銭《びたせん》一枚にしろ落ちているわけもなく、由蔵はくたびれ果てて店に戻った。昼を一寸《ちょっと》過ぎていた。そのときちょうど、主人夫婦が店を出るところだったのである。

番頭の宗六に、頭が痛いので半刻《はんとき》ほど休ませてもらうと言って、二階の部屋に上がったとき、由蔵の中に悪心が芽生えていた。冷たい畳の上に仰向けに寝転んで、四半刻ほどじっとしていたのは、良心に責められて悩んでいたのではない。それよりほかに方法はない、と腹は決まっていて、ただうまく出来るかどうかを一心に考えていたのである。

起き上がると、由蔵は音がしないように梯子《はしご》を降りた。店の方を窺《うかが》うと、宗六と小僧の徳助は客を相手にしている。その話声を確かめて、呼吸を測ってから、由蔵は廊下に滑りこみ、茶の間に入った。

そのときにはもう、心の臓が高い鼓動を打ち、胸は苦しく、耳の奥がどっどっと鳴っていた。それでいて、台所で女中のおよしが洗い物をしている音が、はっきりと聞きとれた。震える足を忍ばせて、由蔵は黒光りしている茶簞笥《ちゃだんす》の戸を開けた。いつもはこの茶簞笥の前に、主人の喜兵衛が坐《すわ》っているのである。そこに当座に使う金がしまってあり、主人がいないときは、番頭の宗六が、その金を出し入れすることを許されているのを、由蔵は知っていた。

小さな金箱の中に、仕切りがついていて、小判から銅銭まで分けて入れてある。由蔵は震える手で小判を摑《つか》んだ。

——あのとき、確かに誰かに見つかったのだ。

と由蔵は、衰えた頭で思う。

茶の間から忍び出て、梯子の方に歩きかけたとき、眼の隅にちらとその人影が見えたのである。それは女だった。そしてその女が確かにこう言ったのである。

「あたしは誰にも言いません。あなたも、あたしに見られたことを忘れてください」

その女の声は思い出しているのに、顔はいくら考えても浮かんで来ないのである。

いずれにしろ、そのとき由蔵は、その女に見遁《みのが》してもらったのである。辰平に無事金を返し、店をやめさせられることもなく済んだ。もちろん博奕《ばくち》とはきっぱり縁を切って、以前の倍も仕事に精出した。そして三年後には、その働きぶりが気に入られて、鶴見屋の婿《むこ》になり、お若と夫婦になったのである。五両の金が紛失して、鶴見屋の内部に揉《も》めごとがあった筈《はず》だが、無事にそこを乗り切ったものとみえて、そこの記憶は全くない。

裏庭にさしこむ日射《ひざ》しが斜めにかしいで、光は少し濃くなっている。土蔵の、日が当っていない壁は、そろそろ暗くなりかけている。

つくりつけたようだった由蔵の姿が、不意に動いたのを、おみつは見た。由蔵の掌に埋めた顔が緩慢にあがり、険しく考えこんでいた表情が解けた。と思ったとき、由蔵は顔を仰向けて大きく口を開けて笑った。声を立てずに、しかしいかにも嬉《うれ》しそうに、由蔵は笑っている。

下駄をつっかけると、おみつは小走りに由蔵に駆け寄った。掌を筒のようにまるめて、おみつはきんきん声を張りあげた。

「思い出したんですね。おじいちゃん」

「う、う。思い出した」

「よかったですね。考えごとが済んで」

まったくだと由蔵は思った。

あのとき、由蔵の盗みを見逃してくれたのは、女房のお若だったのである。女中のおよしでもなく、鶴見屋の内儀が早く帰ってきたわけでもなかった。

——女房なら当然だ。

と由蔵は思い、満足だった。

もちろん、由蔵の満足には混乱がある。お若はそのときは鶴見屋の娘で、しかもその場で誰にも言わない、などと言ったわけではなかった。お若は由蔵と夫婦になったあとで、たった一度そのことを持ち出し、そう言ったのである。

そしてお若にそう言われて、由蔵も初めて、あのとき廊下でちらっとみた女の姿が、お若だったと知ったのであった。そのときはただ恐ろしくて、女が誰か、振り返って確かめるひまもなかったのである。お若は三年の間、誰にも言わず黙っていた。夫婦になったとき一度そう言っただけで、あとは死ぬまでそのことを口にしたことがない。十六年前お若が死んだとき、由蔵は改めてそのことを思い出して、人知れず感慨にふけったものだが、その記憶は、いまの由蔵からは抜け落ちている。

ただ由蔵は、お若を思い出したおまけのように、夫婦仲がよかったのは、そういうことがあったからかも知れないと思っていた。切羽つまってした盗みを、お若が家の者にばらしてしまったらそれまでだった。それをお若が二人だけの秘密にしてくれた。仲がよかったのは当然だった。

「さ、少し寒くなってきたから、家に入りましょ」

とおみつが言った。おみつがさし出した手に縋《すが》って、由蔵は立ち上がった。立ち上がったとき、お若の面影はみるみる薄れて、またいつものように、とりとめのない夢のようなものがやってくるのを由蔵は感じた。歩き出した由蔵の背は、弓のように曲っている。

果し合い

一

「お掃除が終ったら、大叔父にお話があります。いいですか」

と美也が言った。

「なんだね」

「あとで……」

と言って、美也ははたきを使いはじめた。はたきを使いながら、美也はちらちらと大叔父をみる。

——年をとった。

と思う。大叔父は、狭い濡縁《ぬれえん》に蹲《うずくま》って、菊をみている。三日ほど前、美也が結ってやった髪が白く、もうほつれが首筋にかぶさっている。菊は大叔父が丹精しているものだった。白と黄の、ただの野菊だったが、一坪ほどの地面に敷きつめたようにびっしり咲いている。花は咲きはじめたばかりだった。

——私がいなくなったら、大叔父はどうするだろうか。

美也は、自分の心の中に塊《かたま》りつつある決心を確かめながらそう思った。私がいなくなったら、誰が大叔父の面倒をみるだろうか。

大叔父の名前は、庄司佐之助である。だが、庄司の家では誰も名前を呼ぶ者はいないし、藩中にも、その名前をおぼえている者がどれほどいるか疑わしかった。佐之助は生涯の大半を庄司家の部屋住み、つまり厄介者として過ごし、いま五十八だった。死んだ先代の総兵衛が兄で、美也の父である当主の弥兵衛が甥《おい》である。

佐之助は若いころ学問所にも通い、一刀流の道場にも通って、島崎というその道場で、もっとも有望な剣士と言われたという。いずれ家中のしかるべき家の婿《むこ》に迎えられるだろうとみられ、事実縁談がすすんでいたが、ある日、同門の者と果し合いを行ない、相手を討ちとめたが、自分も脚を斬《き》られて跛《びっこ》になった。

果し合いは、尋常な理由があったため、一カ月の謹慎で済んだが、その出来事が佐之助の運命を決定した。以来三十数年、佐之助は庄司家の部屋住みとして老いたのである。

佐之助が三十になったとき、その頃家督を継いだ兄の総兵衛が、さすがに憐《あわ》れんで妻をもたせた。妻とは言っても、床上げと呼ばれる隠し妻である。佐之助は、みちという名前のその百姓娘と、新しく建ててもらった離れで所帯を持ったが、生まれた子供は、すべて闇《やみ》から闇に葬《ほうむ》られた。百石の庄司家には、部屋住みの子供まで養うゆとりはなかったし、また部屋住みの子は、そのように処置するのが昔からの慣習だった。

みちは二十で床上げにきて、三十二で死んだという。ちょうどその頃生まれた美也は、むろんみちを知らないし、佐之助の身の回りを世話し、昼は台所を手伝ったり、広い庭にある菜園を耕したりしていたというみちが、何を考えて短い生涯を終ったかは推し測るすべもない。

ともかく美也が物心ついた頃に、佐之助は一人ぼっちで大叔父と呼ばれていた。大叔父が、いつも一人で離れに寝起きしているのが、美也には不思議でもあり、気がかりでもあった。口に出して、そのことを訊《たず》ねたこともあった。訊ねたことはおぼえているが、そのとき佐之助がどう答えたかは記憶にない。

父や母はあまりそのことを喜ばなかったが、美也は子供の頃から大叔父のまわりをうろちょろした。あるいは美也は、半ば本能的に自分がまつわりつくのを、佐之助が喜んでいることを見抜いていたのかも知れなかった。

美也がはっきり大叔父の味方についたのは、十四の時である。五十五の大叔父の孤独と老いを、美也はその頃には理解していたが、ある夜泥酔して外から戻った大叔父が、甥である美也の父に厳しく叱責《しっせき》されているのをみたとき、美也は大叔父のために涙を流したのであった。

大叔父は厄介者だった。美也の母は、佐之助と同じ部屋で食事するのを厭《いや》がり、女中は忙がしさを口実に、佐之助の離れの掃除と洗い物を、三度に一度は怠けていた。美也の二人の弟も、離れには近寄ろうとしない。母が禁じたのである。そのときの母の言葉を、美也はおぼえているが、母の多津は「大叔父は汚いから」と言ったのである。

美也が、大叔父に肩入れするのを、父も母も喜ばなかったが、近頃は諦《あきら》めたらしく何も言わなくなった。結局誰かが面倒みなければならないのだし、そうでなくともいそがしい女中のヤスに、全部押しつけることは出来なかったからである。

「お掃除が済みました」

と美也が言うと、大叔父は「う、う」と言ったが、縁側から動かなかった。まだ飽きもせず菊をみているらしい。

「菊、きれいですね」

と美也は言って、自分も部屋の中から庭の菊を見おろした。大叔父に聞いてもらいたい話がある。すぐ引き揚げるわけにいかない。それに、六畳一間のこの部屋が、美也には何となく心が休まる気がする。

――だが、大叔父に話してみても、無駄かも知れない。

と美也は思った。美也の眼の下に、少し黄ばんだ白い髷《まげ》、瘦《や》せた肩がある。大叔父は老人だった。

「話というのは……」不意に大叔父が言った。

「縁組の話かね」

「どうして？」

美也は息が詰まるほど驚いて言った。

「どうしてわかりました？　ねえ、大叔父」

「わけはないさ」

大叔父は美也を振り向いて笑った。前歯が二本も欠けて、大叔父の笑いは醜く、いたましい感じがする。

「わしだって、べつに牢屋《ろうや》に入っているわけではないから、外に出る。出るといろんな噂《うわさ》も耳に入ってくるからな。もっとも近頃は弥兵衛がやかましいことを言うから、あまり家を出ないように慎んでいるが」

「………」

「しかし、あれは少し融通がきかなすぎる。美也からも、それとなく言って置いてくれんか」

「また叱《しか》られたの？」

う、うと大叔父は唸《うな》っただけだった。

――あのことを父が言ったらしい。

と美也は思った。

半月ほど前に母が、大叔父が昔の道場仲間を訪ねて、小遣いをせびっているらしいと言い、父が、「またか」と苦々しい顔をしたのをみている。そのときの母の口調がいかにも意地悪げで、美也は自分の母ながらいやになったのであった。またかと父が言うからには、前にもそうしたことがあったらしい。しかしその金は、せびったのではなく、先方が同情して呉《く》れた金かも知れないではないかと、美也は身びいきめいた気持で、心の中で母に反撥《はんぱつ》したりしたのである。大叔父がそこまで落ちぶれたとは考えたくなかった。

「この間、大目付の黒川が来とったようだが、あの男が縄手の息子との話を持ってきたようだな」

「ええ」

大叔父は縁談の相手まで知っていた。

「それで美也の気持はどうなんだね」

「………」

「気がすすまんのか」

「私、いやなんです」

美也は言った。同時にその縁談がはじまってから、夜も眠れないほど悩んできた辛《つら》い気持が、不意に身内から溢《あふ》れ出てきたように感じた。美也は大叔父のそばに蹲ると、涙ぐんだ顔を手で覆《おお》った。

やれ、やれと大叔父が溜息《ためいき》をつくのが聞こえた。

「しかし、いやなものは仕方ないな」

「………」

「こういうことは無理にすすめるもんじゃない」

「本当にそう思います？」美也は眼のふちが赤くなった顔を挙げた。

「でも、そう言ってくれるのは、大叔父一人だけです。親たちはとても乗気なんです」

「わしはいつだって、美也の味方さ」

美也は泣いた痕《あと》の残っている顔で微笑した。大叔父のまじめくさった顔が、眼の前にある。若い頃は男ぶりも悪くなかったという人なのに、その顔は皺《しわ》くちゃで、どこか老いた猿を連想させる。

「ありがとう」

と美也は言ったが、大叔父一人が味方ではどうなるものでもない、と思った。

――いよいよのときは、家を出るしかない。

あの決心が、また心に戻ってきたが、美也は大叔父にそれを打ち明けるのは、もっと後でいいと思いなおした。

二

庄司家の墓がある浄光寺は、城下町で一番西端《にしはず》れにある大工町にあった。町の外はすぐ田圃《たんぼ》で、浄光寺の墓地に入ると、木槿《むくげ》の生垣越しに、黄色く稲が熟れた田圃が見えた。

木槿の葉も、墓地の中の草も枯れていて、歩いて行くと、二人の裾《すそ》にさやさやと枯草が音を立てた。墓石の間を縫って、赤とんぼが飛んでいる。

「ここだ」

立ち止まって閼伽桶《あかおけ》を置くと、大叔父はしゃがんで草をむしった。草の間からさほど大きくない自然石が現われた。

「わしもいずれ、この下に入る」

大叔父は前歯が欠けた口を開いて笑った。そこは庄司家の墓地の片隅で、石は庄司家のほかの墓石にくらべて、いかにもみすぼらしかった。それが大叔父の連れ合いだったみちの墓だった。

「私が、ちゃんと石塔を建ててあげますよ」

美也が言うと、大叔父はまた嬉《うれ》しそうに笑った。

「なに、死んでしまえば同じことさ」

大叔父はあっけらかんと言った。美也は持ってきた風呂敷《ふろしき》包みをほどいて、蠟燭《ろうそく》と線香を出し、大叔父が燧石《ひうちいし》を叩《たた》いて灯をともした。

今日はみちの命日だった。美也は、子供の頃から、この人の命日の墓参に、大叔父についてきている。二人だけだった。庄司家のほかの人間は、そのことに全く無関心だった。

お参りが済むと、美也はさっぱりした気分になった。

無口で働き者だったというみちを、美也はやはり不幸な女だったと思うしかなかったが、大叔父がこうして毎年欠かさず墓参にくるのを、みちはやはり喜んでいるに違いないという気がするのである。

「さてと、もうひとつ寄って行こうか」

立ち上がると、大叔父はいつもと違ってそう言った。庄司家の親戚《しんせき》の墓にでも寄るのかと、美也は怪訝《けげん》な顔をしたが、空の閼伽桶を持って先に立った大叔父の後から、黙ってついて行った。

べつに帰りを急ぐことはなかった。雲ひとつない秋晴れで、広い墓地には温い日射《ひざ》しが溢れている。赤とんぼが、すぐ眼の前を横切った。それにいくらか、家に戻るのが億劫《おっくう》な気分もある。親たちは縄手家との縁談を早く決めたがっていて、はっきりした返事をしない美也に苛立《いらだ》っていた。そのために、家の中の空気は、四、五日前から眼に見えてとげとげしくなっていた。

親たちがこの縁談に乗気なのは当然だった。縄手家は、当主の十左衛門が番頭《ばんがしら》を勤め、禄高《ろくだか》も四百二十石である。上士の家柄であった。弥兵衛夫婦が、玉の輿《こし》だと考えたとしても不思議ではない。

だが美也には、初めからこの縁談をうける気持は全くなかった。達之助という縄手の跡とり息子が、どういう人間かを知っているわけではない。以前親戚の松宮という家で、茶の湯を習ったとき、松宮の娘の勝江が、縄手の息子は遊び人らしいと噂したのを憶《おぼ》えているだけである。勝江は美也より二つ年上で、去年嫁に行ったが、どこから聞き込んでくるのか、家中の若い男の消息にくわしくて美也を驚かせた。達之助という人間について、美也が知っているのはそれだけである。だが、美也がその縁談に耳をかさないのは、相手を知らないからではない。知っていても同じことだった。美也には、ひそかに言いかわした男がいた。そのことは誰も知らない。知っているのは、男と会うときの闇だけである。

「さあ、ここだ」

大叔父が立ち止まった。立派な墓石の前だった。立派だが、新しくはない。石塔にはところどころみどり色の苔《こけ》がついていた。

「よし。これでよしと」

大叔父は、べつに手を合わせるでもなく、独り言を呟《つぶや》くと、背を向けた。墓石に記された戒名は女性のものだった。

「いまのは、どういう方ですか？」

と美也は聞いた。大叔父がみちの墓参にくるときは、欠かさずついてきているが、その墓に寄ったのは初めてだった。

「昔知っていた女子《おなご》でな」

と大叔父は言った。

「橋川という家を知っとるか」

「いいえ」

「御盾《みたて》町にある家でな。仏はそこの一人娘だったが、婿をもらって一年ばかりで死んだ。橋川の家はその婿がまた後添えをもらって、いまは息子が城勤めをしておる」

「…………」

「じつはその娘には、わしが婿に行く筈《はず》じゃった」

「あらッ」

と美也は眼を丸くした。

「その話がすすんでいたときに、わしが馬鹿《ばか》なことをしでかして、こういう身体《からだ》になったもので、話は流れた。そういうことじゃ」

「…………」

もし、そういう果し合いなどということがなかったら、大叔父の人生は今とは違ったものになっていたのだと思った。大叔父の、歩くときになると、目立って左右に傾く後姿を、美也はいたましい気持で眺めた。

「お名前は何とおっしゃる方でしたの？」

「う、う。牧代と申したな。いや待て。牧江じゃ」

大叔父はおぼつかない口調で答えた。

「どんなお方でした？」

「う、う」

大叔父はまた唸った。

「おとなしい女子じゃったな」

「おきれいでしたのね」

大叔父は答えなかったが、美也は牧江という女性は美人だったに違いないという気がした。美人で気だてのいいひとだったのだ。大叔父が果し合いで人を殺したのは、二十の時だと聞いている。そういう女性だったから、大叔父は四十年も昔のことを、胸の底におぼえているのだ、と思った。

浄光寺を出て、大工町の通りを北に向かったとき、美也は不意に、

——あのひとを大叔父にみてもらいたい。

と思った。松崎信次郎の家は、少し遠回りにはなるが、家へ帰る道筋にある。あるいは信次郎が表に出ていないものでもない。信次郎は、晴耕雨読と称して、晴れた日

は庭の菜園を耕すことが多いと話していたのである。

「大叔父、ここから曲っていいですか」

日吉町の曲り角にきて、美也がそう言うと、大叔父は怪訝な顔をした。

「そっちは遠回りになる」

「でも、お天気もいいし、いそいで帰ることもないでしょ」

「う、う」

大叔父は唸って、それもそうだ、と言った。二人は日吉町の家中屋敷の間を、ゆっくり歩いた。午後の屋敷町は、道を通る者もなく、乾いた道がひっそりと日に照らされている。黒板塀《くろいたべい》で囲った家が多かったが、生垣越しに庭がのぞける家もあった。

松崎家の前まできたとき、美也はたちまち胸が息苦しく弾むのを感じた。松崎信次郎が、庭で鍬《くわ》をふるっている姿が見えている。信次郎は片肌ぬぎになって、袴《はかま》のかわりにもんぺをはき、跣《はだし》で菜園に立っていた。信次郎は撃剣の方は肌に合わず少年の頃にやめてしまったと言ったが、頭脳は人一倍鋭く、藩校では秀才を謳《うた》われていた。松崎家の次男であるため、仮身分で句読師を勤めているが、いずれ家中の家と縁組が出来て、正式に士分になれば、やがて藩校の助教に進むだろうとみられている。

秀才にありがちな学問の虫といった感じは少しもなく、のんびりした性格だった。

それは人眼もかまわず、片肌ぬぎで鍬を使っている姿をみてもわかる。

美也は親戚の松宮の家にお点前《てまえ》の稽古《けいこ》に通った間に、信次郎と知り合った。松宮の家には、勝江の上に兄が二人いて、下の兄が信次郎の学問仲間だった。美也は信次郎をひと眼みると、たちまち恋に陥ったが、信次郎の方も自分に好意を持っていることを知るまで、三月《みつき》ほどの間、食が細くなって痩《や》せるほど思い悩んだのであった。

信次郎は二人を見かけると、や？　という表情になり、鍬を地面におろしてこちらをみた。そのままじっと見送っている。

美也は一度はちらと信次郎をみたが、そのまま視線を落として歩き続けた。顔が赤くなっているのがわかる。さぞ見苦しかろうと思うと、首筋まで赤く染まるようだった。信次郎の若者らしく引き緊《しま》った裸がまぶしかった。その胸に、美也は十日ほど前、家の塀下の闇《やみ》で慌《あわただ》しく抱かれている。そのとき、縄手家との縁談のことを訴えた美也に、信次郎は「いよいよ断わりきれなくなったら、二人で夜逃げして江戸へ行くさ」と言った。いつもとは違うきっぱりした口調だった。

その夜、信次郎にはじめて口を吸われたことを、美也は思い出している。そのとき美也は動顚《どうてん》し、しかしすぐに信次郎と別れては生きて行けないという気がしたのだった。

「美也、これ！」

「はいッ」

美也ははっと立ち止まった。大叔父が身体を傾けて追いついた。

「なにをそう急ぐ」

「ごめんなさい」

美也は謝った。日吉町に回り道しようと考えたときは、それとなく大叔父に信次郎を見てもらい、後で二人のことを打ち明けるつもりだったのである。だが信次郎をみるやいなや、のぼせたようになって足を早めてしまったようだった。

「あの男を、好いとるのか」

不意に大叔父が言った。

「はい、大叔父」

美也は立ち止まって大叔父をみた。美也の顔は、いまは青白くなっている。う、うと唸《うな》って大叔父は腕を拱《こまね》いた。

そこは日吉町の外れを流れる中川の橋袂《はしだもと》で、浅い川を流れる水の音がしている。傾きかけた日射しが、川を照らしている。

「助けてください、大叔父」

美也は囁《ささや》くように言った。美也の視野が不意にぼやけて、困惑している老猿のような大叔父の顔が歪《ゆが》んだ。

三

前方から声高に話しながらくる四、五人連れをみたとき、美也は怯《おび》えた様に塀脇《へいわき》に身体を寄せた。家中武士らしい身なりの、若い男たちだったが、声にしたたかに酒に酔った気配が感じられたからである。日暮れとはいえ、まだ明かるみが残っているのに、大胆なことだった。

身をすくめて、美也は擦れ違おうとした。そのとき、不意に声をかけられた。

「よう、庄司どのの娘御ではないか」

顔を挙げたが、そこには美也の知らない顔が並んでいる。二十過ぎの、たくましい身体つきをした男たちだった。五人いる。声をかけたのは、真中にいる、やや肥《ふと》り気味の男のようだった。男にしては色が白すぎるような顔に、その男は奇妙な笑いを浮かべている。

「この日暮れに、どこに参られるな」

「掛矢《かけや》町まで参りますが、あの、どちらさまでございましたでしょうか」

美也はやむを得ず答えたが、内心よけいなお世話だと思った。美也は大叔父を迎えに行くところだった。大叔父は昼過ぎから、掛矢町の沢井という知り合いのところに碁を打ちに行っている。母の多津は、大叔父が外に出るのを喜ばなかったが、美也は夕方迎えに行くからと母をなだめて、大叔父を送り出した。また小遣いをせびったり、意地汚く酒を馳走《ちそう》になったりされては困るという母の心配は解《わか》るが、大叔父自身が言っていたように、牢屋《ろうや》に入っているわけでもないし、大叔父が外に出るのを止める権利は誰にもないのだ。

日がかげると、美也は母が愚痴を言い出す前に家を出て、迎えに来たのである。

「どちらさまは、ご挨拶《あいさつ》だな」

肥った男が言うと、一緒の男たちがどっと笑った。

「失礼いたします」

美也は憤然として歩き出そうとした。このような礼儀知らずの酒臭い男たちの相手をする義理はない。

「おっと、少々お待ちあれ」

肥った男が手をひろげて美也の行手をはばんだ。胸が悪くなるような酒の香が、男の身体から押し寄せてくる。美也は思わず顔をそむけた。

「そちらはご存じないようだが、こちらはよく存じあげておる」

男は無作法におくびを洩《も》らした。顔が赤くなっていないのは、そういうたちで、実際はかなり酒が入っている様子だった。

あ、と美也は眼を瞠《みは》った。そのときになって、漸《ようや》く男が誰であるか解ったのである。

「縄手の伜《せがれ》、達之助でござる。つまりその……」

達之助は美也の方に一礼しながら、顔は男たちの方に向けて言った。

「庄司どののご息女にふられた、哀れな男でござる。こういうわけだ。な？」

男たちはまたどっと笑い、お互いの肩を叩き合った。「続けろ、縄手」、「ふられ男の恨みつらみを聞いてもらえよ」と、男たちは口ぐちに言った。

美也は恐怖を感じた。誰か人が来ないかと道を窺《うかが》ったが、そこは長源寺という、藩公の祈禱所《きとうしょ》になっている寺の横通りで、寺の長い土塀が続いているだけである。片側も藩の蔵屋敷のそっけない板壁が長ながと続くばかりで、人の気配はまるでなかった。

「縄手さま、それでは失礼いたします」

美也は勇気をふるい起こして、達之助のそばを擦り抜けようとした。

「おっとっと」

達之助は、すばやく二、三歩下ると、美也の方に掌《てのひら》を向けて両腕を突き出した。同時に、ほかの男たちも前後にわかれて、美也を取り囲むようにした。

「何をなさいますか」

美也は叫んだ。

「無礼なことをなさると、許しませんよ」

「べつに無礼なことっていうわけじゃないよ、なァ？」

達之助は男たちの顔を見回した。これが番頭を勤める家の、上士の家の子弟か、と思うような崩れた言葉づかいだった。

——きっぱりと断わってよかった。

美也はぞっとして思った。美也は松崎信次郎に心を奪われていて、縁談の相手を吟味するゆとりもなかったのだが、縄手達之助という男はこういう人物だったのだ。

それにしても父の弥兵衛や母の多津は、達之助をどこまで知っていて縁談をすすめたのだろうかと思った。黒川という男の話を呑《の》みに、ただ四百二十石という相手方の家格に眼がくらんだとしか思われなかった。三日前、大叔父と浄光寺の墓参から帰ると、美也は父母にきっぱりと縁談を断わった。大叔父が思いがけない厳しい表情をみせて、そうしろと言ったからである。美也の断わりに対して、父母はそのとき激怒している。

眼の前の達之助をみて、美也は親たちに対して不信が募るのを感じる。

「無礼を働くつもりはないが、少し聞きたいことがござってな」

「…………」

「ちらと耳にしたのだが……」

達之助が近ぢかと顔を寄せてきた。

「日吉町の松崎と懇意にしておるそうではないか」

美也は顔から血がひくのを感じたが、松崎という名前を聞いたとき、思いがけない勇気が湧《わ》いたようだった。美也は胸を起こして気丈に言った。

「それがどうだとおっしゃるんですか」

「ほほう。認めるのか」

「あなたさまには、かかわりございません」

「へえ？　これは松崎の女か」

男の一人が無遠慮な声を張り上げた。

「懇意とは、縄手もうまいことを言うじゃないか。一体どのあたりまで懇意になっとるのだ」

もう一人が言い、男たちはまた一斉に野卑な笑い声を立てた。美也は恥辱に眼がくらむようだった。家を出るとき、懐剣を持って出なかったのが悔まれた。ここまでなぶりものになれば、男たちを刺すか、自分の喉《のど》を突くしかないのだ。美也は青ざめて男たちを睨《にら》み続けた。

「おい縄手。往来でうだうだ言っても始まらんぞ」

「未練があるんなら攫《さら》って行けばよい。手を貸すぞ」

男たちの眼に、別の光が加わったようだった。危険で、卑《いや》しい光だった。

美也はぴったりと土塀に背を貼《は》りつけた。

「私に手をかけたら」

美也は青ざめて、静かな声で言った。

「舌を嚙《か》みます」

男たちは顔を見合わせて、忍び笑いをした。それからじわりと一歩美也に近づいた。

そのとき、薄闇の中から、いきなりしわがれた声が怒鳴った。

「こら、何をしとるか、貴様ら」

男たちは、ぱっと美也の前から逃げた。

「お、大叔父」

美也は駆け寄った。薄闇の中から現われた大叔父は、美也にしがみつかれてよろめいたが、赤子をあやすように背を叩《たた》いて言った。

「なに、もう心配ない。この連中は一体何者だ」

美也は答えないで顫《ふる》えていた。恥ずかしいほど、腹の底から顫えがこみあげてくる。

「何だ、この爺《じい》さまは」

「女の知り合いらしいな。脇差しかさしていないが、町人じゃないらしいぞ」

「どうする？　このあたりで幕にするか」

「なに、これから面白くなる」

一人がいきなり拳《こぶし》を固めて、大叔父に打ってかかった。男たちはまだ酔っていた。

美也は大叔父に突きとばされて、よろけながら後に下がった。美也の眼に奇妙な光景が映った。大叔父に打ってかかった男が、一回転して地上に転んだのである。

酔いのために狂暴になっているようだった。

「くそ爺《じじ》い！」

一人が喚《わめ》くと、男たちがどっと駆け寄った。男たちの身体《からだ》の間で、大叔父の身体は、大きく左右に傾いたり、不意に地に沈んだりして、男たちが空《くう》を摑《つか》むのがみえた。

だが、大叔父がいいところをみせたのはそこまでだった。男たちは猛《たけ》だけしい獣のように休みなく大叔父に組みつくと、地面に引き倒した。男たちは口ぐちに罵《ののし》りながら、大叔父を殴ったり、足蹴《あしげ》にしたりした。

男たちが背をみせて去ると、美也は倒れている大叔父に駆け寄った。

「大丈夫ですか、大叔父」

「なに、大丈夫さ。手を貸せ」

美也に助け起こされると、大叔父は意外に元気に立ち上がった。

「見たか。わしもまんざら捨てたものでもあるまい」

大叔父は息を弾ませながら自慢した。

「昔取った杵柄《きねづか》だ。めったに若いもんには負けん。もっともああ大勢ではかなわんが」

「痛くありませんか」

「心配することはない。奴らやたらにわしを蹴りおったが、なに、急所はみな外してやった」

「でも、痛かったでしょう。ごめんなさい」

「大したことはないぞ」

大叔父は元気よく身体を左右にゆすって歩き出した。

「何者だ、あの連中は？」

「縄手さまと、お仲間ですよ」

吐き捨てるように美也は言った。男たちから受けた侮辱が、生傷のように心の中で疼《うず》くのを感じた。

四

松崎信次郎の弟卓蔵が信次郎の手紙を持ってきたのは五ツ（午後八時）頃だった。

「また、内緒の手紙です」

卓蔵はいつものように、台所口に美也を呼び出すと、少し怒ったような表情で手紙を渡した。十歳の卓蔵は、その手紙がどういう性質のものかうすうすわかっているらしく、自分がたびたびその使いをさせられるのを恥じているようにみえる。

美也は礼を言い、部屋を出るとき用意してきた十枚の穴明き銭と、別に餅菓子《もちがし》をひとつ、それぞれ紙に包んだものを袂《たもと》から取り出した。卓蔵は美也の手もとをじっと見つめている。

「えらいわね、こんなに遅く。やっぱり男のひとね」

美也はお世辞を言い、卓蔵の小さな手をひきよせて、紙包みを握らせた。

「これで紙凧《かみだこ》でも買って下さい」

「ありがとう」

卓蔵は現金ににこにこして、ぺこりと頭を下げた。脇差を一本さした卓蔵の小さな身体が、月明りの下を裏口に消えるのを見送ってから、美也は見ないふりを装《よそお》って水仕事を続けている女中のヤスのそばを擦り抜け、部屋に戻った。

美也は慌しく手紙を開いた。だが読みすすむうちに美也の弾んだ胸は、たちまち凍りついたようになった。

信次郎は縄手達之助と、今夜果し合いをすると書いてきていた。達之助は、応じなければ家中の間に美也との醜聞を言いひろめると威《おど》してきたのである。

武門の意気地で、受けるしかないと信次郎は書いていた。だが文章は悲愴《ひそう》な感じはなくて、勝負はやってみないと解らないが、勝てる見込みは大へん薄い、とひと事のようにのんきな書きぶりだった。

最後に信次郎は、運よく勝てば、今夜のうちに城下を抜け出す。その用意はしてあるから旅支度をして待つように。しかし四ツ半に裏の戸を叩く者がいなかったら、裏口を閉じ、旅支度を解いて寝るように。そのときは万事は終りだが、悲嘆は無用だと書いていた。

美也は茫然《ぼうぜん》と宙を見つめたが、やがて忍び足に部屋を出ると、廊下に出た。

茶の間には、まだ両親が起きているらしく、灯の色が洩れ、低い話し声がしている。

美也は音を立てないように雨戸を一枚繰り、庭に降りた。降りそそぐような月の光が庭を照らし、虫の声が騒々しいほどだった。

離れに行くと、大叔父はまだ起きていた。といっても身体は布団《ふとん》の中に入っていて、亀《かめ》の子のように首だけ外に突き出し、行燈《あんどん》の光で草双紙のようなものを熱心にめくっている。

「大叔父、起きて下さい」

と美也は言った。

「起きているよ」

大叔父は首だけねじ向けて美也をみた。

「何用だ、いまごろ」

「信次郎さまが今夜、果し合いをなされます」

「…………」

大叔父の眼がぎょろりと光った。ゆっくり布団をはねのけると、起き上がって胡坐《あぐら》をかいた。

「相手は誰だ？」

「縄手達之助さま。あの悪党です」

憎悪《ぞうお》をこめて美也は叫んだ。

「場所は？」

「中川の柳の河原」

「始める時刻はわかっとるのか」

「五ツ半（午後九時）です」

う、うと大叔父は唸《うな》った。唸りながら立ち上がると、着物を着た。後から着換えを手伝いながら美也は、思わず歎願《たんがん》する声になった。

「行ってくださいますか」

「う、う」

「お手紙を見ますか」

「そんなひまはないぞ」

「ありがとう、大叔父」

美也は、大叔父の皺《しわ》だらけの手を握った。

「私も行きます」

「ばかめ！　女子供の出る幕ではないわ」

大叔父は厳しい声で叱《しか》った。押し入れから大小を取り出すと、口をとがらせて柄のあたりの埃《ほこり》を吹きとばし、大叔父は刀を腰に帯びた。美也にはそういう大叔父の姿が、いつもよりひとまわり大きく、頼もしげにみえた。

「ここで、じっと待っておれ」

大叔父は念を押すと、足音を忍ぶようにして離れを出て行った。

それから一刻《とき》ほどの間、美也は身体を切りきざまれるような苦しい物思いに苛《さいな》まれた。考えは悪い方にと傾く。まず撃剣の下手な信次郎が、縄手達之助に勝てるわけがないと思った。それはほとんど確定的だった。大叔父が助太刀に行ったが、それもどれほどあてになるものかと、美也の弾んだ気持は次第にしおれて行く。この前長源寺の横で縄手たちに殴られたとき、大叔父は急所はみなはずして、痛くないところを蹴らせたと自慢げだったが、翌朝美也がみると、大叔父の頭は瘤《こぶ》だらけだったのである。

不安にいたたまれなくなって、美也は離れの雨戸を開けて外を見たり、また戸を閉じて行燈のそばに石のように身体をすくめて、じっと坐《すわ》ったりした。雨戸を開けたとき、母屋《おもや》の灯が見えたが、その灯に向かって、美也は助けをもとめることも、苦しみを訴えることも出来ないのだった。父母にしろ、弟たちにしろ、肉親ではあるものの、いまの美也の味方ではなかった。

離れの戸口に、ことりと物音がしたのは、長源寺の鐘が、短く四ツ半（午後十一時）を知らせた少し後だった。弾《はじ》かれたように、美也は立ち上がった。

障子を開けると、男が二人もつれ合うように戸口に入ってきたところだった。信次郎を、大叔父が肩にかけて支えている。美也は無言で慌《あわただ》しく動いた。胸が破れそうにとどろいていたが、その中に鋭い喜びがあった。入ってきたとき信次郎はぐったりしていたが、美也をみると青い顔のまま、にやりと笑ってみせたのである。

美也は、大叔父を手伝って、信次郎を畳に横たえた。信次郎の衣服は、あちこち斬《き》り裂かれた痕《あと》があり、顔にも手首にも血がついている。横になると信次郎は眼をつぶった。

「どうなのですか」

美也は大叔父に小声で訊《き》いた。

「うまく間に合った。なに、大したことはない。生まれてはじめて斬り合いをしたので疲れておるのだ。そうだ、向うの家に行って傷薬と布を持っておいで。腕を怪我《けが》したようだ」

美也はすぐに立った。大叔父が言ったとおりで、美也が薬を持って離れにひき返すと、信次郎は眼を開いて、大叔父と何か笑いながら話していた。

美也をみて、信次郎は起き上がろうとしたが、大叔父が「もう少し寝ていた方がいい」と止めた。美也は信次郎の袖《そで》をまくりあげ、大叔父の指図に従いながら、生々しい腕の傷口を洗い、薬を塗って布で縛った。そうしながら、美也はときどき信次郎の端麗な顔を盗み見た。大叔父がそばで梟《ふくろう》のような眼でみていなければ、信次郎の胸に身を投げかけたい思いだった。

「おじい様に助けられた。いや、みごとな剣さばきだった」

と、信次郎は言って微笑した。

「この方がお出《いで》にならなかったら、いま頃はあの世にいるところだった」

「縄手さまは？」

「死んだ」

美也と信次郎はじっと眼を見つめ合った。

「わしが仕とめた」

と大叔父が言った。さすがにむっつりした顔をしている。

「はじめに、わしは無用の果し合いはやめろと仲裁したのだ。だが、あの男はわしを見くびっておったらしくてな。悪口を吐いたうえに、わしに斬りかかりよった」

「…………」

「なに、まだ一本勝負なら、なまじの若い者には負けはせん」

大叔父はおしまいの方になると、少し自慢たらしい口調になった。

「放《ほう》っておけば、こちらの若い者が危ない。やむを得ずけりをつけた」

「大叔父、ありがとうございました」

美也は頭を下げた。

「そんなことはいいさ。それよりも、これで物ごとが済んだわけではないのでな。みちこの人とも話しながら来たことだが、二人が一緒になるには、駆け落ちするしか手はないようだな」

「…………」

「若い者は、それぐらいの元気がないといかん。外へ出れば、また別の道も開けるというものだ」

「しかし後で、ご老人に迷惑はかかりませんか」

「なに、そんなものはどうにかなる」

大叔父は笑った。すると梟のようにきょとんとした眼が皺にかくれて、人が好《よ》いだけの老人の顔になった。

庄司家の老いた部屋住み、佐之助は、外が白んでくるのを感じると、起き上がって縁側の雨戸を開けた。

信次郎と美也が、ひそかに家を出てから、一刻ほど経《た》っている。そのあと佐之助は丸めてあった布団をのべて横になったが、あれこれと昔のことを思い出したりして、少しも眠れずそのまま朝を迎えたのだった。

外は、いまごろの季節特有の、厚い霧が動いていた。屋敷の塀のあたりも、はっきりとは見えないほど濃い霧で、その下に、白と黄の野菊が淡いいろをのぞかせている。

――いまごろはだいぶ行ったろう。

佐之助は江戸を目ざして旅立って行った二人のことを考えていた。美也は部屋を出るとき、佐之助にとり縋《すが》ってちょっと泣いたが、簡単な旅支度に装った姿には、隠しきれない弾みのようなものがあった。

――あれでいいのさ。

佐之助はそう思った。そう思う佐之助の心に、微《かす》かな悔恨がよみがえる。信次郎と美也の姿に、佐之助は自分と、牧江といった御盾町の橋川の娘の姿を重ねてみる。

二十歳の佐之助は、牧江に婿入《むこい》りするはずだった。話がまとまり、二人は何度か会って話もしていた。しかし果し合いがあり、佐之助が生まれもつかぬ跛《びっこ》になると、先方から破談を申し入れてきた。佐之助も、佐之助の父母もそれを受け入れるしかなかった。

そして半年ほど経ったころ、牧江に新しい縁談がまとまったことを知った。佐之助の心は、さすがにいくらか動揺したが、しかしすぐに諦《あきら》めがきた。そのかわり佐之助は酒におぼれた。父親は叱責《しっせき》したが、兄の総兵衛が同情して小遣いをくれた。

橋川の牧江が、突然訪ねてきたのは、その頃のある晩のことだった。牧江は一刻足らずいて帰ったが、送って出た佐之助に、突然一緒に逃げてくれと迫った。日頃の牧江とは別人のように激しい口調で、「あなたは、私と夫婦にならずに、淋《さび》しくないのですか」とまで言った。牧江の情熱に引きずられた恰好《かっこう》で、佐之助は駆け落ちを約束した。

しかし約束の日、佐之助は決めた場所に行かなかったのである。旅支度で、その場所に立っているだろう牧江を思いながら、佐之助は茶屋酒に酔い痴《し》れていた。そうすることが牧江のしあわせのためだと自分に言いきかせていた。

牧江は駆け落ちに失敗すると間もなく新しい婿を迎えた。

だが佐之助が、本当の意味で無気力な部屋住みにおちぶれたのは、一年ほどして牧江が死んだときからだった。あたり前の、穏やかな縁組みが、牧江をしあわせにするだろうという佐之助の考えは間違っていたのである。牧江は婿を迎えてからも鬱々《うつうつ》として楽しまず、やがて気鬱の病いにかかり、瘦《や》せ衰えて死んだのであった。

その事情を知ったとき、佐之助は悔恨に打ちのめされた。そしてその悔恨から抜け出したとき、佐之助は眼の前に灰色の人生をみたようだった。

長い生涯をふり返ると、牧江の思い出だけが、眼の前の野菊のように、一カ所つつましい色どりで光っている。ほかは灰色だった。

大叔父の世話をする者がいなくなって可哀そうだと、美也は言ったが、俺はそれほど大事に扱われる値打ちなどないのだ、と佐之助は思っていた。

——それに、世話をやいてもらうことも、もういらぬかも知れない。

と佐之助は思う。

夜が明けはなれたら、佐之助は、ゆうべ縄手達之助と果し合いをした、と大目付に届け出るつもりだった。その理由は、達之助が佐之助にしかけた侮辱である。長源寺横で一緒だった連中が、大目付の調べに対して、その果し合いをあり得ることとして証言してくれるだろう。

そして、あるいは腹を切ることになるかも知れない、と思うが、それは別に恐《こわ》いとは思わなかった。どういう形にせよ、ろくでもない人生にけりをつける日は、そう遠くないことが解《わか》っている。

──家の者が驚くだろうて。

佐之助は不意に、にやりと笑った。心に痛みはない。美也をのぞけば、佐之助にとって庄司家のほかの人間は、とうの昔にみな他人だったからである。

鱗《うろこ》雲《ぐも》

一

笠取峠《かさとりとうげ》は、男でも登るのに喘《あえ》ぐ急坂続きの峠である。峠の名前は、おそらく坂道を登りきった旅人が、思わずかぶっていた笠を取って、そこでひと休みしたところからつけられたものらしい。

そのかわり登り切ったところは広い台地になっていて、地蔵をまつる堂があり、その脇《わき》に夏も涸《か》れることがない清水が湧《わ》いている。地蔵堂のまわりには杉の巨木が枝をひろげていた。

峠を登りつめると、小関新三郎は喘ぎながら清水に走った。日射《ひざ》しを遮る木立もない尾根伝いの道に出てからは、頭の上から、まともに日を浴び、全身が水を浴びたように汗に濡《ぬ》れている。笠をかぶっているが、日除《ひよ》けの役に立つよりは、地上からの熱気の照り返しを笠の中に溜《た》めるあんばいになって、顔は火であぶられるように熱い。

清水は井戸のように黒い木組みを土に埋めてあるが、むろん井戸ではなく、溢《あふ》れ出る自然の湧き水だった。松の枝がそこまで伸びていて、木陰になっている。

新三郎は走り寄ると、笠を脱ぎ、刀をはずす間ももどかしく、地上に腹這《はらば》って顔を水に浸した。水は驚くほど冷たかった。二度、三度とそうしてから、掌《てのひら》に掬《すく》って水を飲んだ。すると、漸《ようや》く人心地が戻ってきたようだった。

新三郎はあたりを見廻した。すると、地蔵堂の端に、さっきは見えなかったものが見えた。白い脚絆《きゃはん》と草鞋《わらじ》の足である。狭い縁に、誰か休んでいる者がいるようだった。

新三郎は刀を腰に戻すと、ゆっくり堂に近づいた。正面から横に廻って覗《のぞ》くと、そこに一人の女がいた。女は新三郎に見られているのに気づいた様子もなく、身体《からだ》を折り曲げて、狭い縁の上に突っ伏している。

――眠っているのか。

と思った。女の身体はぴくりとも動かなかった。背に斜めに小さな包みを背負い、草鞋は埃《ほこり》にまみれ、底が摺《す》り切れている。女は抱くように杖《つえ》を一本抱えていて、遠くから旅をしてきた者のように見えた。顔は見えなかったが、着ているものや帯の色、どこか硬い身体つきから、まだ若い女のように見える。

眠っているなら、大胆なことだ、と新三郎は思った。この先は峠を駆け降りると一里ぐらいで城下に着く。だが、峠は昔から物盗《ものと》りの出たところで、近年も、今日新三郎が行ってきた藩の預り支配地である青沼村が天領だった頃に、青沼村のやくざ者がここで人を殺して金品を取ったことがある。それを恐れて、今でも青沼村と城下町を往来する者は、谷間の村を行く遠い道を迂回《うかい》して、峠を越えれば一日で済む用事を二日がかりで済ますことがある。

こんなところで、若い女が眠っているとすれば、そうした事情を知らない、遠い土地から来た人間だと思うしかなかった。

――もうそろそろ日が傾く。

そう思うと、新三郎は、そのまま女を見過して城下に帰る気になれなかった。近づいて声をかけた。

「お女中」

そう言ったのは、髪形などから女が武家の女のように見えたからである。だが、声をかけられても、女は眼をさます様子がなかった。

「おい」

新三郎はそばに寄り、答えがないので、肩に手をかけてゆすった。

「これ、眼をさまさんか」

すると、女が小さく呻《うめ》いて、僅《わず》かに顔を挙げた。だが、その顔はすぐに力なく曲げた腕の上に落ちた。青白く血の気を失った顔だった。

「お、病気か」

新三郎は立ったまま、縁の上に伸び上がるようにして、女の伏せた顔の下に掌をさしこみ、額を探った。額から頬に滑らせた掌に触れたのは、火のような熱だった。

「これはいかん」

新三郎は縁の上に飛び上がると、ひざまずいて女の身体を抱え起こした。力を失なった女の上体が、ぐらりと腕の中に倒れ込んできた。眼をつぶったまま、女はか細い息をついている。まだ十七、八の、男の子のようにりりしい眉《まゆ》をしているが美貌《びぼう》の娘だった。懐《ふところ》から、懐剣を包んだ袋の房が垂れている。やはり武家の女だった。

新三郎は娘の背に手をまわし、帯をゆるく結び直すと、少し胸元をくつろげてやった。すると娘が眼を開いて、新三郎の手の動きに抗《あらが》おうとした。充血した眼だった。

「心配するな。少し帯をゆるめただけだ。これから城下まで連れて行く。そなたは病気らしいから、医者に見せねばならん」

新三郎は娘を背負って立った。すると、それまで娘が握っていた杖が、音たてて縁に落ちた。拾い上げるとかなりの重さだった。

——仕込み杖か。

と新三郎は思った。意外な気がし、ふとわけのありそうな娘だという気がした。

城下に戻ると、新三郎は娘を母親の理久にまかせ、すぐに城に登って上司である近《きん》習《じゅ》組頭取《とうどり》の彦根徳右衛門《とくえもん》に帰城の挨拶《あいさつ》をし、また青沼村代官半田六之丞《ろくのじょう》の返事を持って、すでに城を下がっていた月番家老菅野《すがの》直記の屋敷に廻った。

家老の屋敷を出て、途中蚊《か》遣《や》りの草を燃やす煙が漂う商人町を抜け、鶴屋町の家に戻ったときは、とっぷりと日が暮れていた。暮れても、暑さは夜に続いていて、急ぎ足で帰った新三郎は、家に入るとまた汗が吹き出すのを感じた。

「いかがですか、娘の様子は」

家に上がりながら、新三郎は理久に聞いた。

「眠っていますよ」

理久は心配そうに眉をひそめていた。

「杏庵《きょうあん》先生にきて頂いて、さっき薬を飲ませましたが、何しろ高い熱だから、今夜ひと晩は額を冷やさないといけないとおっしゃって帰りました。明日の朝、もう一度きて下さるよう頼みました」

「病気は、何だと言っていましたか」

「疲れからきた暑気当りだと思うが、もう少し様子をみないと解《わか》らないと言われました」

「済みませぬ」

新三郎は母親に頭を下げた。

「厄介な荷物を背負いこんだようで」

「ばかなことを言いなさい」

理久はきっとした表情になって、叱《しか》りつけるように言った。

「介抱するのが当り前です。あんな病人を見捨てておかれますか」

「それもそうですな」

「私は食事の支度をしますから、その間お前が見てやりなさい」

父親の儀太夫が五年前に病死して、新三郎は十九の年に跡目を継いだ。三年後に妹の秋尾が病死した。秋尾は家中に縁談がまとまっていて、秋には婚礼という年の五月に死んだのである。二つの不幸が、嵐《あらし》のように小関家を走り抜けたあとに、母子二人のひどく淋《さび》しい家が残された。理久は、まだ四十二だが、少し老《ふ》けこんだようになっている。屋敷の隅に五、六坪ほどの菜園を作って、通いの下僕《しもべ》で、腰の曲がった藤蔵に手伝わせて畑を手入れするのが、僅かな楽しみのようだった。

新三郎は奥座敷に行った。普段めったに使うこともない座敷が、縁側の戸も開かれ、そこに簾《すだれ》が垂れている。蚊遣りの煙が細々と外に流れる部屋に、さっきの娘が眠っていた。枕《まくら》もとに水を入れた小さな盥《たらい》が置いてある。坐《すわ》って娘の額の上の手拭《てぬぐ》いを変えようとして、新三郎はふと眼を細めた。

娘が着ている浴衣《ゆかた》の柄に見覚えがあった。理久が、死んだ秋尾のために、自分で仕立てた浴衣だった。

一瞬新三郎は、妹がそこに眠っているような錯覚にとらえられたようだった。静かに娘の額から手拭いをはずし、水に浸してしぼりながら、新三郎は、着換えさせたとき、母もそう思ったのではないかと思った。

二

「お家に病人がいるそうですね」

と利穂《としお》が言った。

「女の方だそうですけど」

「誰から聞きました？」

「保坂さまが見かけたそうですわ。若い女の人を背負って、町を歩いているあなたを」

「…………」

新三郎は口を噤《つぐ》んだ。利穂の口から出た保坂年弥の名前は、耳に快いものではない。保坂は中老保坂権之助の伜《せがれ》で、同じ近習組にいる男だが、新三郎とは身分が違う。いずれは組頭になり、やがて中老、家老の地位にすすむことが約束されている。家は二千八百石の大身で、石高百石の新三郎とは住む世界が違った。だが、新三郎のみるところ、保坂年弥は出来の悪いドラ息子に過ぎなかった。この男が藩政の中枢《ちゅうすう》に坐って藩を動かして行く日を考えるとぞっとする。

保坂は屋敷に家中上士の子女を集めて、始終馬鹿《ばか》げた遊びをやっているという噂《うわさ》だった。歌合わせなどをやっていたのは最初の頃の話で、近頃は江戸詰めの者が持ち帰った花がるたで金を賭《か》けたり、町を流して歩く遊芸人を引っぱり込んで、わざと卑猥《ひわい》な唄《うた》を唱《うた》わせたりするという噂だった。城下で知られた料理屋から賄人《まかないにん》を呼んで肴《さかな》を作らせ、酒宴を開き、その酒の座はひどく乱れるということも聞こえている。

利穂は、いずれ新三郎に嫁入る約束がありながら、保坂の屋敷に出入りしていた。利穂の父屋代重兵衛は、新三郎の父儀太夫ともと馬廻組の同僚で、石高も似たようなものだったのが、ここ数年保坂権之助に取り入って立身し、いまは三百五十石で物頭《ものがしら》を勤めている。屋代は上士の端に連なったのである。利穂は保坂の家の集まりに呼ばれるようになったことで、有頂天になっているようだった。

「おきれいな方だそうですね」

「………」

新三郎は黙って利穂の顔を見た。利穂の顔には、少し意地の悪いような微笑が浮かんでいる。やや丸顔で、眼が大きく、口も女にしては大きめだが、そういう道具立てがまとまって、利穂は、家中でも美貌が評判されている。

「べつに私は気になんぞしていませんのよ。ただそういう噂が流れていると言いたかっただけです」

「病人だから、しばらく休んでいるだけだ」

新三郎は静かに言った。

「身体がしっかりすれば、出ていくだろう。それよりも、そちらの噂の方がひどいのではないか。保坂の屋敷に出入りするのも、ほどほどにせんと、家中の評判が悪くなる一方だぞ」

利穂は、ふと探るように新三郎の顔をみた。

「気になりますの？」

「無論だ。あそこは若い娘が出入りするところではあるまい」

利穂の顔に、また意地の悪いような微笑が浮かんだ。その笑いをみると、新三郎は利穂が少し以前と変ったような気がして、胸が重くなった。

親同士が取り決めた縁談であったが、新三郎は利穂が嫌いではなかった。小さいときから気性の明るい娘だったが、年頃になるとひと皮むいたように美しくなった。同僚の噂にのぼるほどの女を妻にする気分は悪いものではない。

だが利穂はもう十八だが、婚約の約束ごとが生きているだけで、婚儀をいつにするかというような話はなかなかまとまらなかった。新三郎の母は、それを気にして親戚《しんせき》筋の人間を頼んで日取りをまとめたがったが、いつも屋代家の方が、あいまいな態度で延ばしてきている。

多分、百石の平侍の家に嫁にやるのが惜しくなったのだろう、と新三郎には屋代重兵衛の胸の中がうすうす忖度《そんたく》できる。いつの時代でも縁戚関係は出世のための大きな手がかりになる。物頭の地位を手に入れた重兵衛は、娘をもっと家格が上のところに嫁にやることが出来ると考え、その縁でもう一段の出世が出来ないものでもないと考え始めたのかも知れなかった。風儀がよくないといわれる保坂の家の集まりに、平気で娘を出入りさせているのが、その証拠のようだった。保坂年弥の周囲には、同年輩の上士の伜が集まっている。

屋代重兵衛のそういう腹が透けてみえるとき、新三郎の胸に微《かす》かな怒りが動くのは止《や》むを得ない。だが、新三郎はそれを正面から重兵衛に切り出したことはない。利穂との縁談は、亡父が決めたものだった。相手がどう心が変ろうと、新三郎には破棄するつもりはなかった。そして新三郎が言い出さない限り、屋代家から、その縁談について破約などを言い出すことは出来るはずがなかった。

だが、利穂の心自体が変ってきたとなれば、話は別になる。利穂は陰のない性格で、これまで新三郎に親しんできている。それが、ここ半年ほどの間に、少し以前と変ったそぶりが見えるようになっている。明らかに保坂の屋敷の集まりに毒されている感じがした。新三郎は、そういう利穂に怒りは感じない。ただ哀れな気がした。止めさせないと、取り返しがつかないようなことになり兼ねないという不吉な気がした。

新三郎は時折り屋代家を訪れる。別に改まった用事がなくとも、通りがかりに訪ねて茶を振舞ってもらったりする。もともと屋代家と新三郎の家は、そういう間柄だったのである。そういうつき合いの中で、新三郎と利穂の縁談も決められた。

だが最近は、新三郎を迎える屋代家の空気そのものが微妙に変ってきている。以前は利穂だけでなく、父親や母親、それに利穂の弟の久次郎なども加わって、賑《にぎ》やかに雑談したものだが、近頃はどことなくよそよそしい態度が目立った。

今日もだいぶ一人きりで待たされ、やがて利穂だけがやってきて話相手になった。

――何様になったつもりか。

と昔の屋代家の屈託のない空気を知っている新三郎は馬鹿らしくなる。重兵衛や、利穂の母松恵は、新三郎と顔を合わせるのを故意に避けているのかも知れなかった。

「お茶を替えましょうか」

と利穂が言った。

「いや結構。今日はこれで失礼する」

新三郎は言ったが、利穂の眼をじっと見つめてつけ加えた。

「ドラ息子たちと遊んでいると、ろくなことにならんぞ。いい加減にすることだな」

「いやな言い方。ドラ息子だなんて」

利穂は反抗するように眉を上げた。大きな眼が魅惑的だった。

「みんな品のいい方ばかりですよ。外でどんな噂が出ているのか知れませんけど」

「それなら結構」

新三郎は言い捨てて席を立った。

家に帰ると、母の理久と新三郎が峠で拾ってきた娘が瓜《うり》を食べていた。娘の名は雪江といい、江戸から隣藩野沢の城下に行く途中だった。

「おや、起きられたな」

新三郎は思わず大きな声を出した。丁度瓜にかぶりついていた雪江は、あわてて瓜を下の盆に置くと、顔を赤らめて頭を下げた。

「おかげさまで」

「いや、お楽に。食べる邪魔はせん」

新三郎は坐ると、改めて娘をしみじみと眺めた。ほっそりした身体だが、美しい娘だった。少し上り気味の眉の下に、切れ長の眼が黒々と光り、小さな口もとに、やや稚《おさな》げな感じが残っている。八日も寝て、頬がややつれているが、それが初々《ういうい》しい色気のようなものを感じさせる。雪江という娘は、今日初めて起き上がったのである。

「お前も、食べますか」

と理久が言った。

「いや」

「でも、そばで見ていられては、雪江さんが食べ辛《づら》いでしょう。ね？」

と言って理久は雪江を見た。雪江は瓜を持ったまま、恥ずかしそうに俯《うつむ》いて笑っている。着ている白地の花柄の浴衣は、やはり病死した妹の秋尾のものらしかった。またしても、新三郎はそこに妹が坐って、瓜を食べているような錯覚にとらえられた。

その感じを、新三郎はとうとう口にした。

「似ていますな、母上。そう思いませんか」

「そう。私もそう思っていたところです」

と理久が打てば響くように言った。

「どなたにですか」

雪江が怪訝《けげん》な顔で訊《たず》ねた。だが理久はそれには答えずに、「もうひとつ瓜をむきましょう」と言って台所に立った。

「死んだ妹にですよ。あんたが今着ている着物は妹のために作ったものらしい。二年前に、丁度あんたの年頃に急な病気で死んだのだ」

「ま、お気の毒に」

雪江は俯いたが、すぐ眼をあげた。

「それで、こんなに親切にしてくださるんですね」

「なに、そういうことはない。あんたが病人だったからさ。病人を放《ほう》っておくわけにはいかんからな」

「ご親切は忘れません」

と雪江は言い、つつましく瓜を噛《か》んだ。

「がぶりとやりなさい。そうしないと瓜はおいしくない」

「なにを言ってますか。そばでそんなに世話を焼かれては、味も何も解《わか》らないじゃありませんか」

別の盆に、切り割った瓜を運んできた理久が言い、新三郎は苦笑し、雪江は声を出して笑った。ころころと響く明るい声だった。

「ところで、野沢に何用で行かれる？」

「はい」

と言ったが、雪江の顔は不意に曇った。

「親戚の家に参ります」

「江戸弁のようだが、長く江戸でお暮しか」

「はい。子供のときから江戸で暮らしておりましたが、父母が死にましたので」

「すると、父上は野沢の生まれか」

「さようでございます」

「…………」

「でも、親戚の者が今もいるかどうか、野沢に行ってみないとわかりません」

「もし親戚の方が見当らなかったら……」

不意に理久が口をはさんだ。

「またこの家に戻って来なさるといい」

理久の眼に、これまでみたこともない優しい光があるように新三郎は思った。

「そなた、剣術をやるか？」

不意に新三郎が言った。雪江は、はっとしたように新三郎をみたが、静かに首を振った。

「いいえ」

新三郎は黙って瓜を取りあげ、見本を示すように大きな口を開けてかぶりついた。

「大きな口だこと」

と理久が言い、雪江が弾《はじ》けるように笑い出した。だが、新三郎は、

——この娘には、少々わからないところがある。

と思っていた。新三郎は見ていないが、熱にうかされ、汗にまみれた着物を着換えさせたあとで、理久は、「あの娘さんには腕に竹刀《しない》だこがありますよ」と囁《ささや》いたのだった。そう言えば、仕込み杖《づえ》も、旅の用心にしては念が入り過ぎている感じだった。

戸口に立てかけてある杖を、新三郎は一度そっと引き抜いてみたが、錆《さび》ひとつ浮いていない刀身が中に隠されていたのである。

同僚の藤井高之進と連れ立って、朱引橋まで来たとき、新三郎は不意に五、六人の人間に囲まれた。

三

ほとんど顔の知らない連中だったが、一人だけ見覚えのある男がいた。保坂年弥だった。年弥は少し離れたところに立って、じっと二人を見つめている。

「遅いではないか。いつもこんな時刻か」

正面に立った角ばった顔の男が言った。口調に横柄《おうへい》なひびきがある。年弥の取巻きの連中らしかった。

帰ろうとしたとき、頭取の彦根に藤井と二人書類を作るのを手伝わされ、いつもより一刻《とき》近く下城が遅れた。あたりは少し薄暗くなっていて、ほとんど人影がなかった。一人だけ新三郎の前を歩いていた町人がいて、急に人が出てきたのを驚いたように振り返ったが、口論でも始まるとみたのか急ぎ足で行ってしまった。

「いつもより遅いが、別に待ってくれと頼んだ覚えはない」

と新三郎は言った。並んでいた藤井が、ふふと笑った。藤井は新三郎と戸田道場の同門である。免許を取るのは新三郎より一年遅れたが、胆《きも》の坐《すわ》った男だった。

「少し聞きたいことがある」

角顔の男は言ったが、藤井に眼を移すと、

「あんたには用がない。先に帰ってもらおう」

と言った。

「妙な言い方だな」

藤井は面白がっている口調で言った。

「小関に何の用があるのか知らんが、俺は小関の家に用があるので、こうして一緒にきた。途中で妙な指図をうけて、はい、そうですかと帰るわけにはいかんな」

藤井は、新三郎と同年の二十四だが、だるまのように肥《ふと》って三十ぐらいに見える風《ふう》貌《ぼう》をしている。そう言い切ると、テコでも動きそうにない貫禄《かんろく》があった。

「ま、いいだろう」

男は舌打ちして新三郎に向かうと言った。

「貴公、この間青沼の半田のところに使いに行ったそうだな」

「それがどうかしたか」

新三郎は少しむかっ腹が立っていた。

「そのときのご家老の手紙が、どういうものだったか、中味を知らんか」

「そんなものを知るわけがないだろう。俺はただ使いをしただけだ」

「しかしだ」

角顔の男は、しつこい調子で言った。

「貴公がその手紙を持参した。そして半田は貴公の前でその手紙を開いて読んだ。そうだな？」

「それはそうだ」

「その時半田は何か言わなかったか」

「べつに」

「しかし、何か言ったろう」

「しつこいな、少々」

新三郎はまたむっとした。

「じゃ、帰りに半田が何か言伝《ことづ》てを頼んだろうが。それを聞こうか」

「…………」

「いや、帰りに半田が手紙を書かなかったことは解っている。ご家老に貴公を通じて返事したのだ。ぜひともそれを聞きたい」

「それは言えんな」

　と新三郎は言った。

「無理にも聞きたい」

　角顔の男が言うと、それまで腕組みして二人を取り巻いていた男たちが、一斉に一歩下がって身構えた。

「あくまでも断る」

　新三郎が言うと、藤井が、

「当然だ」

　と言った。

　男たちと二人は薄闇《うすやみ》の中で睨《にら》み合う形になった。

　横に廻った男が、前触れもなくいきなり斬《き》り込んできたのを、新三郎は軽快にかわすと、身体を反転するようにして肩口に峰打ちを叩《たた》き込んだ。ぐっと呻《うめ》いて、男が暗い地面に音立てて転んだ。

「小関、斬るなよ」

　と藤井が言った。男たちが一斉に抜刀し、藤井も抜いた。

「それまでだ、山崎」

不意に保坂年弥の声がした。男たちは一斉に刀を引いた。

「おい、忘れ物だ」

藤井が言うと、一人が地面に転がっている男を抱き起こし、肩にかついだ。

男たちが遠ざかるのを見送ってから、新三郎と藤井は刀を鞘《さや》に戻して歩き出した。

「何者だ、あいつら」

と新三郎が言った。

「保坂の伜《せがれ》がいたろう」

「うむ」

「あとは取巻きだろう」

「しかしおかしいな」

新三郎が首をかしげた。

「そのドラ息子たちが、何であんなことを聞く?」

「小関は何も知らんらしいな」

と藤井は言った。

「近頃ご家老の菅野様と中老は仲が悪くてな。ことごとに意見が合わんらしい」

「ほう」

「たとえば青沼村で、三月《みつき》ほど前、危く一揆《いっき》が起きかけた。ご家老と半田様が、すばやく動きを察して押さえたらしいが、後で中老の筋から青沼村の者を煽《あお》り立てたことがわかってな。以来ご家老と中老は犬猿の仲だ」

「そんなことがあったのか」

「青沼村は藩の預り支配地になっているが、もともとは天領だった場所だ。あそこの人間には、いつも藩に対する不満がある。天領時代の楽な暮らしが忘れられんわけだな」

藤井はそういう消息にくわしかった。

「しかし中老はなぜそういうことをやる？　何か狙《ねら》いがあるのか」

「中老は藩の実権を握りたがっている。いまに始まったことではないよ。狙いはご家老の失脚だ」

「すると？」

新三郎は不意にあることに思い当った気がした。

「保坂年弥が人を集めて乱痴気騒ぎをやっているというのも、狙いがあるのか？」

「その噂《うわさ》は俺も聞いているが、実際ひどい遊びをやっているらしいな。だが、さっきもみたとおり、保坂はただのドラ息子じゃない。多分馬鹿《ばか》遊びも親爺《おやじ》の息がかかっている筈《はず》だ。そういうやり方で、囲《まわ》りに人を集めているとみた方がいいな」

新三郎は鶴屋町の曲り角で藤井に別れた。一人になってから、後を振り向いてみたが、誰も後を跟《つ》けて来る様子はなかった。

家のそばまで来ると、白い顔が薄闇の中に見えて、近づくと雪江だった。

「どうした？」

「お帰りが遅いので、お待ちしていました」

「そうか」

「私、明日野沢に立ちます」

と雪江は低い声で唐突に言った。そうか、と新三郎は思った。雪江の顔は胸に触れるほど近いところにあって、若々しい肌の香が匂《にお》った。雪江を背負って、笠取峠から走り下った日のことが思い出された。随分むかしのことのように思えたが、それは二十日ほど前のことだった。むかしのことのように思われるのは、二十日の間に、照りつける夏の日射《ひざ》しが衰え、こうして宵闇の中に立っていると、ひややかな空気が四方から寄せてくるためだろう。

「奇妙な縁だったが、往《ゆ》くか」

と新三郎は言った。なぜか、去らせ難い親密な感情が胸を締めつけてくるようだった。ひとりの女としてよりも、雪江は、二人きりの小関家に突然にふえた家族の一人のようだったのである。病気が直って、元気になると、雪江は理久を手伝って畑仕事などをしていたのである。

「母に言ったか」

「いいえ、まだ」

「落胆するだろうな。母はあんたがひどく気に入ったようだ」

不意に雪江が俯《うつむ》いて、掌《てのひら》で顔を覆《おお》った。

「どうした？」

「お話したいことがあります」

涙をぬぐいながら、雪江が言った。

四

屋代家から使いにきた和吉という下僕《しもべ》と一緒に、新三郎は町の中を疾駆した。城を下ると、和吉が待っていて、利穂が自害したと告げたのである。

──言わないことじゃない。

走りながら新三郎はそう思った。こういう日が来る予感があったような気がした。

「小関様」

後から和吉が声をかけた。振り返ると、立ち止まった和吉が、大きな息をついて地面に膝《ひざ》をついたのが見えた。五十を過ぎた和吉は、そこまできて息が切れたようだった。

「よし、後から来い」

新三郎は言うと、横丁に走り込んで寺町に廻った。そこはあまり人通りもなく、しんかんとしている。それでも歩いていた二、三人の人間が、凄《すご》い勢いで走り抜ける新三郎を、あっけにとられたように立ちどまって見送った。

屋代家の玄関に走り込むと、そこに待っていた利穂の母の松恵が、立ち上がって新三郎の手を執った。

「どうぞ、こちらに」

娘には似ない細面の松恵の顔には、血の色がなかった。

ほの暗い奥座敷に入ると、線香の匂いが鼻をついた。夜具の上に利穂の身体《からだ》が北枕《きたまくら》に横たわっていて、そばに新三郎とも顔見知りのおやすという年輩の婢《はしため》と、利穂の弟の久次郎が坐っていた。

おやすは新三郎の顔をみると、いきなり掌で顔を覆った。微《かす》かな嗚咽《おえつ》の声が指の間から洩《も》れた。

「まだ親戚《しんせき》にも言っていません」

「…………」

「突然のことで、どんなふうに話したらいいものかと」

松恵はうつろな表情で呟《つぶや》いた。

新三郎は、にじり寄って、死人の顔を覆った白布を上げてみた。眠っているように穏やかな顔が現われた。眼は閉じられていて、特徴のある大きな眼は見られなかったが、松恵が化粧をほどこしたらしく、頬は少女のように紅にいろどられ、きれいな死顔だった。喉《のど》を抉《えぐ》ったらしく、首が真白な晒布《さらしぬの》で包まれているのが痛々しかった。

婚約が調ったころ、座敷の外に見える庭を二人で歩き廻ったときのことが思い出された。屋代家の庭には、大きな池があって、鯉《こい》が群れているが、池に渡した石の橋が、身体を乗せるといつもぐらついた。利穂が、橋の上でわざとのように悲鳴を挙げ、手を伸ばした新三郎の胸に倒れこんできたことがある。

そのときの利穂の小さな喘《あえ》ぎ、恥ずかしげな含み笑いが、なまなましく思い出されて、新三郎は、一瞬胸がふさがるのを感じた。同時に強い憤《いきどお》りが心の中に動くのを感じた。あのときの無邪気な少女を、誰がこんなふうにしたのだ？　と思った。

「少々おうかがいしたいことがござる」

「…………」

松恵はぼんやりと新三郎を見つめたが、うなずくと、先に立ち上がって隣の座敷に入った。

「自害といわれましたな？」

「はい」

「理由は？」

新三郎の声は鋭くなった。

「…………」

松恵は一瞬おびえたように新三郎をみたが、黙って俯いてしまった。

「おうかがいしましょう。理由は何でござったか」

松恵はゆっくりと顔を挙げたが、新三郎から眼をそらしたまま低い声で言った。

「利穂は身籠《みごも》っておりました」

「ばかな！」

新三郎は撃たれたように言った。松恵の低い声が、耳の中でとどろきわたったようだった。だが、すぐに驚くほどすばやく、松恵の言葉が理解でき、いま隣の座敷に死体になって横たわっている利穂の姿と結びついた。

「愚かなことを」

新三郎は呟いた。それはいつの間にか遠く道をへだててしまっていた利穂の行為を非難したようでもあり、自害という死にざまを嘆いたようでもあった。

新三郎は立ち上がった。松恵が驚いたように顔をあげた。

「あの、今夜はどうぞお通夜を」

「出かけて参ります。帰って来ますゆえ、ご懸念《けねん》なく」

屋代の家を出ると、新三郎は真直《まっす》ぐ保坂家に向かった。保坂家は隣町のやや高台になった場所にある。高塀《たかべい》を廻《めぐ》らせた宏壮《こうそう》な屋敷だった。

保坂年弥に会う積りだった。利穂の相手の男が年弥とは限らない。取巻きの一人かも知れなかった。だが利穂を死に追いやった乱れた集まりの中心に年弥がいることは確かだった。いきさつはどうあれ、一人の女が死んだ。そのことをどう思うか、問い詰めるつもりだった。かかわりがないとは言わせない。

——答えようによっては、斬る！

門脇《かどわき》の潜《くぐ》り戸を押すと、わけもなく開いた。新三郎は長い石畳の上を歩き、保坂家の玄関に立った。玄関はなぜかひっそりして、出迎える人影もない。

「ご中老に申しあげる」

新三郎は声を張った。

「近習《きんじゅ》組小関新三郎、ご子息に物申したいことがあって参上致した」

新三郎の声は、ほの暗い屋敷の中にひびき渡ったようだったが、家の中には人声も聞こえなかった。それが新三郎の申入れをひややかに拒否しているように思えた。

「保坂年弥に物申すことがある。出て来い」

新三郎は怒号した。衝《つ》きあげてきた怒りに眼がくらんだようになっていた。

「臆病者《おくびょうもの》！　出て来ないなら踏みこむぞ」

新三郎が草履を脱ぎかけたとき、人の気配がした。足音もなく玄関に出てきたのは、利穂の父屋代重兵衛だった。

「踏みこむのはよせ」

と重兵衛は言って履物をはいた。

「さ、一緒に帰ろう、新三郎」

「いや、この家の息子にひと言いうことがござる」

「それは、わしが言った。もうよい」

重兵衛は先に立って玄関を出た。新三郎は仕方なく後について外に出た。

中老の屋敷を出ると、二人はしばらく無言で歩いた。武家町の日暮れの道は、人影もなくひっそりしている。

「わしを、中老に取り入って、あげくの果てに娘を殺した愚か者と思うだろうな」

「…………」

「そう見える筈だ」

「遠慮なく申しあげますが、その通りに見えます」

「それでよろしい」

重兵衛は真直ぐ前を向いて歩きながら言った。

「利穂を死なせたわしを恨んでいるか、新三郎」

「は、もう少し前に配慮すべきでした。いや、そもそも保坂の屋敷に出入りさせたのが、間違いのもとと存じます。そうしなければ、利穂どのが死ぬこともなかった」

「言うとおりだの」

重兵衛は言ったが、不意に立ちどまって、新三郎の顔をじっとみた。重兵衛の顔には疲労のいろが濃く現われている。

「だが、利穂を保坂の屋敷に出入りさせたのは、じつはご家老の命令だ」

新三郎は息を呑《の》んだ。

「利穂は、わしがそう命じたとき厭《いや》がった。探索の役目などやるよりは、貴様の嫁になりたかったのだ。だが保坂中老は油断ならんお人でな。ご家老としても眼ばなしが出来なかったのだ」

「…………」

「利穂は結局承知したが、そのときには貴様の嫁になるのを諦《あきら》めたのだ。不愍《ふびん》な娘だ。だが利穂の自害で、保坂中老はわしに借りが出来たと思っている。わしに相談せずに何かやる気づかいはない、と今日は見た。ご家老はこれで安泰だ。藩も安心だ」

「…………」

「このことは、わしと死んだ利穂とご家老のほかは、誰も知らん」

重兵衛はゆっくり歩き出しながら言った。

「人には言うな」

「利穂の相手の男は誰ですか」

と新三郎は、後から声をかけた。

「知らん。聞く必要もなかろう」

重兵衛のもの憂《う》い声が返ってきた。

「探索が露《あら》われて斬《き》られる場合の覚悟はしていたが、子を孕《はら》むとは思いもしなかった。男親の浅はかなところだな」

「よく出来ましたな。見事な人蔘《にんじん》ですな」

と新三郎は世辞を言った。

今日は非番の日で、母の理久が畑をいじっているのを手伝っている。僅《わず》か五、六坪の畑だが、結構いろいろと植えてあるのが珍らしかった。青菜の一畝《うね》があるかと思うと、そのそばに唐辛子《とうがらし》の株が、真赤な実を垂れている。人蔘は掘り起こすと、滑稽《こっけい》なほどよく出来ているのだった。

理久は新三郎の世辞には答えないで、黙々と白菜の虫を取りのぞいている。利穂が死に、ひと月近くも家族のようにした雪江という娘も去ると、理久は急に寡默《かもく》になったようだった。

雪江は、野沢城下に父の敵を刺しに行ったのである。雪江が九つのとき、野沢城下からきた討手が、父親を討ち果して行った。藩主に反抗して故郷を捨て、江戸に隠れていた父親は、いずれその日が来ることを覚悟していたらしく、尋常に闘って死んだ。

そのとき雪江は、七つの時から竹刀《しない》を持たされて稽古した意味が解《わか》ったように思ったが、やがてそれが父親の敵を討つためだったと思うようになった。母親はそういう娘を心配して、道場通いをやめさせようとしたが、雪江はきかなかった。今年の春、病弱だった母親が死ぬと、微かに幼いときの記憶が残る道をたどって、野沢城下目ざして旅をして来たのだった。

雪江にそのことを打ち明けられたとき、新三郎はとめた。上意討ちは主命であり、討手を怨《うら》むのは筋違いだと諭したが、雪江の中には石のように凝り塊《かたま》った一念があるようだった。父親の無惨《むざん》な死にざまが忘れられないと言った。新三郎にそのことを打ち明けた翌日、雪江は野沢城下に旅立って行った。

——雪江も死んだかもしれない。

と新三郎は思っていた。

馴《な》れない畑仕事は意外に疲れる。新三郎は腰をのばすと、裏口の木戸を押して外に出た。出たところに、真直ぐな道が通っている。北にのびるその道が、隣藩との国境に向かう道のひとつだった。

旅姿の人間が、遠くに小さく動いている。あの日の朝早く、この道を遠ざかった雪江の姿が思い出された。だが道脇の草は、あれから半月経《た》ったいま、すっかり枯れいろに変り、晴れた空の半ばを埋めて鱗雲《うろこぐも》がひろがっている。空気は冷えびえとした秋だった。

木戸を入ろうとして、新三郎はもう一度遠い道に眼をやった。心を惹《ひ》くものが、そこに動いているという感じがした。

遠ざかる人影とは逆に、こちらに近づいてくる者がいた。人影は早い足どりで、ほとんど駆けるように近づいてくる。女だった。

——雪江だ。

感動が新三郎の胸をしめつけた。旅姿の女は雪江に違いなかった。高く手を挙げている。西空に傾いた日射《ひざ》しに、白い歯がちらりと光ったのが見えた。

「母上」

木戸から首を突っこんで、新三郎は母親を驚かせないように、つとめて平静な声をかけた。

「あなたの娘が一人、帰ってきたようです」

あとがき

時代ものの小説を書いていると、とかく筆が江戸期にむかい、またその時代を小説にするのが一番面白いように思われる。

むろん時代もののジャンルということをいえば、江戸期に限らず、その前の戦国期からどんどんさかのぼって神話に材をもとめてもいっこうに差支《さしつか》えないと思う。江戸期に拘泥《こうでい》する必要などまったくないわけであるが、私なども、結果的に江戸期を描くことが多いのは否定出来ないようだ。

これは、この期になると、庶民が歴史の表面に生き生きと登場してきて、それ以前の、いわば支配者の歴史に、新たに被支配者の歴史が公然と加わってくる面白さのためかも知れない。

徳川氏が政権を握ると、政治の中枢《ちゅうすう》である幕府は、完璧《かんぺき》ともいえる武家支配の制度を確立したが、その制度が意図に沿って機能したのは、ごく初期のことに過ぎないだろう。

中期以降になると、形の上では武家支配が続き、時にはそれが一そう強まったりするが、中味は庶民の時代といっていいほど、経済的にも文化的にも、被支配者である庶民の力が強まってくる。町人に限ったことではなく、農民でさえ、時代末期には武家の支配力で押さえきれない力を持つ。長い間あいまいだった庶民の顔が、多様で具体的な相をあらわし、歴史に定着する時代である。

そうは言っても、それで彼らが自由奔放に生きられたわけではない。時代は依然として不自由な時代だった。内容的に斜陽化、形骸《けいがい》化の道をたどりつつあるために、武家支配が一そう強まるという一面もあったわけだが、そういう不自由さの中で、この時代の庶民が精一杯人間的に生きようとしたことも、間違いないことに思われる。庶民が擡頭《たいとう》し、武士階級が少しずつ主役の座を滑り落ちて行く。つまり江戸期以前四百年以来の武家支配と人間性の抑圧が終熄《しゅうそく》を告げようとする壮大なドラマが、この時代の背後にあるわけで、江戸期という時代の顔が多面的なのは当然なのである。

古い時代には、その時代に特有のもの、現在とははっきり異る因習、ものの考え方などがあるだろう。その反面たとえば親子、男女の間の愛情のような現在と共通する、人間に不変なものも存在するだろう。この二面をつかまえないと、正確に古い時代を把握したことにはならないと思うのだが、江戸期になると現在と共通する部分が多く出てくる気がする。その前の戦国期とは異る相が出てくる。人間も、その暮らしぶりも、いまの生活感覚から言って、そうわかりにくいものではない。

江戸期の人間の行動、心理といったものには、手探り可能な感触がある。それは近々百年ほど先で、現代と繋《つな》がっている時代であれば、当然のことかも知れない。この少し先の時代に生きた人々に対する親近感のようなものが、時代ものを書くとき、多く筆を江戸期にむかわせる理由かも知れないと思う。

この本におさめた小説は、一篇をのぞいて他は比較的短いものばかりである。どちらかといえば、時代の特異性よりは、現在と共通する部分によりかかって出来上がった小説といえよう。


（昭和五十一年七月）

解説

藤田昌司

この作品集は、最も藤沢氏らしい味わいのある短篇集だといえる。その特質は三つある。

第一は、時代背景がすべて江戸時代に設定されているという点である。氏は最近、『密謀』などのように、戦国時代に材を得た長篇も書いているが、「オール讀物」新人賞を受賞したデビュー作『溟《くら》い海』や、直木賞受賞作『暗殺の年輪』など、江戸時代を背景とした小説に、作家としての真骨頂を発揮してきた。

なぜ、江戸時代なのか。それは氏が、小説のイメージをふくらましてゆく上で、〝時代のぬくもり〟とか、〝時代の匂《にお》い〟というものを大切にする作家だからである。そのぬくもりや匂いに触発された時、氏は、そこに居たに違いないナマ身の人間の哀歓や、表情や、肉声までも想像し、創作の世界に入って行く――ということらしい。

第二の特質は、登場人物がいずれも下級武士や、貧しい市井《しせい》の人間に限られている点である。

『雪明かり』の菊四郎は、わずか三十五石の貧しい下級武士の家に生まれ、〝口減らし〟のために養子に出された男で、養家でも肩身の狭い日々を余儀なくされている。『闇《やみ》の顔』の伊並惣七郎《そうしちろう》、幾江の兄妹や、石凪鱗次郎《いしなぎりんじろう》たちにしても、武家とは名ばかり、厳しい階級社会の中で一生うだつの上がらない平ざむらいの家庭である。『果し合い』の庄司佐之助は部屋住みの厄介者、『鱗雲《うろこぐも》』の新三郎も、石高わずか百石の下積みの近習《きんじゅ》組だ。

また表題作の『時雨《しぐれ》のあと』や、『意気地なし』『秘密』などは、市井の庶民を描いている。ここに登場する人物は、足を折ってトビ職から日傭《ひよう》とりになった末、たった一人の妹を女郎に売りとばしてしまった男だとか、乳呑み児《ちのご》を置いて女房に死なれ、虚脱状態になっているダラシない職人と、その父子家庭に同情する同じ長屋の娘だとか、年老いて半ば耄碌《もうろく》した町人の隠居と、その家の嫁などである。

第三には、いずれも人情の世界を描いていることである。江戸庶民や下級武士の人情の世界を抒情《じよじよう》的に描くのは、藤沢文学の最も魅力的な美質である。氏は『時代小説の可能性』と題したエッセーで、この点について次のように述べている。

〈時代や状況を超えて、人間が人間であるかぎり不変なものが存在する。この不変なものを、時代小説で慣用的にいう人情という言葉で呼んでもいい。

ただし人情といっても、善人同士のエール交換みたいな、べたべたしたものを想像されるにはおよばない。人情紙のごとしと言われた不人情、人生の酷薄な一面ものこらず内にたくしこんだ、普遍的な人間感情の在りようだといえば、人情というものが、今日的状況の中にもちゃんと息づいていることに気づかれると思う〉

ここには、不人情を〝負の人情〟として、人間感情の表裏をみる自在な作家の視点がある。現代は不人情ばかり目立つ時代だが、例えば子が親を捨て、親が子を捨てるというようなことも、昔から行われていることだと、氏は指摘するのだ。

「私は正札つきの田舎者で……」

と藤沢氏は言う。生まれは山形県鶴岡市郊外の小作農家。山形師範（現山形大学教育学部）を出て、生家に近い山麓《さんろく》の温泉町で二年間、中学の教師を務めた。

鶴岡市は米どころ庄内平野の中心地、〝東北の小京都〟といわれる静かな城下町である。私事になるが、私は十余年前、この鶴岡市で一年間、くらした経験がある。七〇年安保闘争たけなわのころ、私が勤める通信社でも不幸な争議が起こり、私は見せしめとして本社からニラミとばされたのである。だから鶴岡での日々は快々《おうおう》としたものだったが、不思議に鶴岡の印象は悪くない。市の中央に濠《ほり》をめぐらした城趾《じょうし》があり、旧藩主の家は今も、〝殿さま〟と尊敬され、旧士族の家も〝ご家禄《かろく》さま〟と呼ばれ、一段高い目線で見られていた。それは人情で結ばれた床しい雰囲気であった。

旧藩時代の秩序が攪拌《かくはん》されずに今に残り、人情の絆《きずな》で結ばれているのを見て、私はささくれ立った心が和む思いがした。藤沢氏の小説を読んでいると、このような鶴岡の情景を連想されるものが多く、例えばこの作品集でも『雪明かり』『闇の顔』『果し合い』『鱗雲』などがそうなのだが、それ以上に、この地方の人びとが今も温めている人情味ある精神風土が、藤沢文学の地塗りの色として、濃密に投影しているように思えるのである。

しかし藤沢氏はこの〝小京都〟のような故郷を捨てなければならなくなる。結核に患《かか》り、なかなか治らないため東京の病院に入院することになるのだ。まだストマイとかパスなどの化学療法が普及する前で、治療は外科手術である。肋骨《ろっこつ》を切除して病巣のある部分を潰《つぶ》してしまう。藤沢氏はこの大手術によって一命をとりとめた。しかし病気が治った時、すでに休職期間は切れていて、教職に復帰することができなかったのである。もし氏がこのような結核に患らなかったなら、作家・藤沢周平は誕生せず、小菅留治の本名で今ごろ山形県下の中学校の校長をしていたに違いない。

ともかく、病気が治ったとはいえ、体力もなく、金もなく、すがる知己もなく、帰る職場もなくなった氏は、三十代半ばで、東京の雑踏の中に踏み出さなければならなくなった。生活のために氏が選んだ仕事は、業界紙の記者である。業界紙を二つほど変わった後で就職したハム・ソーセージ関係の業界紙は、水が合って長く勤め、直木賞を受賞した時はその編集長だった。

そんな藤沢氏が小説を書き出したのは、四十歳近くなってからである。学生時代、小説を書いていたと友人は言うが、当人の記憶にはないそうだ。

「業界紙の記者が嫌だったわけではないが、ああオレの一生も、これで終わりなのかなあ、と思った時、しぜんと小説の世界に向かっていたんですね」

と氏は語ったことがある。

ところで、その時に向かった世界が時代小説であり、爾来《じらい》一貫して時代小説だけを書き続けていることは、藤沢文学を考える上で興味深い点だ。この点について氏は、〈私を時代ものにむかわせるのは、過ぎ去ったもののわからなさではないかと思われる〉（『歴史のわからなさ』）とか、〈ざっくばらんに言えば好きだから書いたというしかない部分がある〉（『時代小説と私』）などと述べている。

しかし私は、直木賞受賞決定直後の記者会見で、「現代ものを書くと私小説になりそうだから……」と語ったことを、より重く見ている。

小説を書くことは、畢竟《ひっきょう》、自分を書くことだと割り切ってしまえば簡単だが、少なくとも、この作品集のように江戸時代の下級武士や市井の庶民を描いた小説では、私小説になりそうなモチーフが扱われているようにうかがえるからである。

〈……一見すると時代の流れの中で、人間もどんどん変るかにみえる。たしかに時代は、人間の考え方、生き方に変化を強《し》いる。たとえば企業と社員、嫁と姑《しゅうとめ》、親と子といった関係も、昔のままではあり得ない。

だが人間の内部、本音ということになると、むしろ何も変っていないというのが真相だろう。どんな時代にも、親は子を気づかわざるを得ないし、男女は相ひかれる。景気がいい隣人に対する嫉妬《しっと》は昔もいまもあるし、無理解な上役に対する憎しみは、江戸城中でもあったことである。小説を書くということはこういう人間の根底にあるものに問いかけ、人間とはこういうものかと、仮りに答を出す作業であろう。時代小説で、今日的状況をすべて掬《すく》い上げることは無理だが、そういう小説のはたらきという点では、現代小説を書く場合と少しも変るところがない、と私は考えている〉（『時代小説の可能性』）

少し長い引用になったが、この文章と、先の記者会見での発言を結びつけて考えると、藤沢氏は、生まれ故郷の精神風土を濃密に投影した地色の上に、現代に生きる屈折の多い自分自身の人生や、教職時代の先輩、朋輩《ほうばい》、業界紙時代の記者仲間や広告取りの営業部員等々の、日常の哀歓や愛憎などを、江戸の人物像にことよせて描いている——ということができよう。

この作品集の「あとがき」の最後で、

〈この本におさめた小説は……どちらかといえば、時代の特異性よりは、現在と共通する部分によりかかって出来上がった小説といえよう〉

と述べているのは、意味深いことである。

氏は恐らく、自分自身や友人、知己たちの人情の世界を描こうとしても、それが現代小説の形では羞恥心《しゅうちしん》が働いて抑止されるため、自由な空間として描ける時代小説に向かったのだろう、という解釈が成り立つ。

ジャーナリズムの常套語《じょうとうご》でいえば、藤沢文学は今、〝静かなブーム〟である。『用心棒日月抄』や『獄医立花登手控え』などのシリーズものは、ブラウン管にも登場し、茶の間の人気になっている。

それは、藤沢氏の小説作りのうまさ、名工の職人芸ともいえる文章の的確さと、平明な造語感覚などにも負うところが大きいが、状況論として捉《とら》えるならば、その人情の世界が、読者の共感を呼び起こしているからだといえよう。

現代は、理念が優先する社会である。情念は人間関係において軽視されている。頭脳は重視されるが、こころは軽視される。しかしこころを軽視している人間でさえも、そのことによってこころが渇いていることは否定できない。藤沢文学はその渇きをいやすものである。今、〝静かなブーム〟になっているゆえんも、ここにあるといえよう。

（昭和五十七年五月、文芸評論家）

この作品は昭和五十一年八月立風書房より刊行された。

藤沢周平著
用心棒日月抄

故あって人を斬り脱藩、刺客に追われながらの用心棒稼業。が、巷間を騒がす赤穂浪人の動きが又八郎の請負う仕事にも深い影を……。

藤沢周平著
孤剣　用心棒日月抄

お家の大事と密命を帯び、再び藩を出奔――用心棒稼業で身を養い、江戸の町を駆ける青江又八郎を次々襲う怪事件。シリーズ第二作。

藤沢周平著
刺客　用心棒日月抄

藩士の非違をさぐる陰の組織を抹殺するために放たれた刺客たちと対決する好漢青江又八郎。著者の代表作《用心棒シリーズ》第三作。

藤沢周平著
凶刃　用心棒日月抄

若かりし用心棒稼業の日々は今は遠い。青江又八郎の平穏な日常を破ったのは、密命を帯びての江戸出府下命だった。シリーズ第四作。

藤沢周平著
消えた女
―彫師伊之助捕物覚え―

親分の娘おようの行方をさぐる元岡っ引の前で次々と起る怪事件。その裏には材木商と役人の黒いつながりが……。シリーズ第一作。

藤沢周平著
漆黒の霧の中で
―彫師伊之助捕物覚え―

竪川に上った不審な水死体の素姓を洗う伊之助の前に立ちふさがる第二、第三の殺人……。絶妙の大江戸ハードボイルド第二作！

藤沢周平著

ささやく河
―彫師伊之助捕物覚え―

島帰りの男が刺殺され、二十五年前の迷宮入り強盗事件を洗い直す伊之助。意外な犯人と哀切極まりないその動機――シリーズ第三作。

藤沢周平著

密謀（上・下）

天下分け目の関ケ原決戦に、三成と密約がありながら上杉勢が参戦しなかったのはなぜか？　歴史の謎を解明する話題の戦国ドラマ。

藤沢周平著

春秋山伏記

羽黒山からやって来た若き山伏と村人とのユーモラスでエロティックな交流――荘内地方に伝わる風習を小説化した異色の時代長編。

藤沢周平著

天保悪党伝

天保年間の江戸の町に、悪だくみに長けるが、憎めない連中がいた。世話講談「天保六花撰」に材を得た、痛快無比の異色連作長編！

藤沢周平著

竹光始末

糊口をしのぐために刀を売り、竹光を腰に仕官の条件である上意討へと向う豪気な男。表題作の他、武士の宿命を描いた傑作小説5編。

藤沢周平著

冤（えんざい）罪

勘定方相良彦兵衛は、藩金横領の罪で詰め腹を切らされ、その日から娘の明乃も失踪した……。表題作はじめ、士道小説9編を収録。

藤沢周平著

橋ものがたり

様々な人間が日毎行き交う江戸の橋を舞台に演じられる、出会いと別れ。男女の喜怒哀楽の表情を瑞々しい筆致に描く傑作時代小説。

藤沢周平著

神隠し

失踪した内儀が、三日後不意に戻った、一層凄艶さを増して……。女の魔性を描いた表題作をはじめ江戸庶民の哀歓を映す珠玉短編集。

藤沢周平著

時雨みち

捨てた女を妓楼に訪ねる男の肩に、時雨が降りかかる……。表題作ほか、人生のやるせなさを端正な文体で綴った傑作時代小説集。

藤沢周平著

驟《はし》り雨

激しい雨の中、八幡さまの軒下に潜む盗っ人の前で繰り広げられる人間模様——。表題作ほか、江戸に生きる人々の哀歓を描く短編集。

藤沢周平著

闇の穴

ゆらめく女の心を円熟の筆に描いた表題作。ほかに「木綿触れ」「閉ざされた口」「夜が軋む」等、時代小説短編の絶品7編を収録。

藤沢周平著

霜の朝

覇を競った紀ノ国屋文左衛門の没落は、勝ち残った奈良茂の心に空洞をあけた……。表題作ほか、江戸町人の愛と孤独を綴る傑作集。

藤沢周平著

龍を見た男

天に駆けのぼる龍の火柱のおかげで、あやうく遭難を免れた漁師の因縁……。無名の男女の仕合せを描く傑作時代小説8編。

藤沢周平著

本所しぐれ町物語

川や掘割からふと水が匂う江戸庶民の町……。表通りの商人や裏通りの職人など市井の人々の微妙な心の揺れを味わい深く描く連作長編。

藤沢周平著

たそがれ清兵衛

その風体性格ゆえに、ふだんは侮られがちな侍たちの、意外な活躍！　表題作はじめ全8編を収める、痛快で情味あふれる異色連作集。

藤沢周平著

静かな木

ふむ、生きているかぎり、なかなかあの木のようには……。海坂藩を舞台に、人生の哀歓を練達の筆で捉えた三話。著者最晩年の境地。

藤沢周平著

ふるさとへ廻る六部は

故郷・庄内への郷愁、時代小説へのこだわりと自負、創作の秘密、身辺自伝随想等。著者の肉声を伝える文庫オリジナル・エッセイ集。

子母沢寛著

勝海舟（一〜六）

新日本生誕のために身命を捧げた維新の若き志士達の中で、幕府と新政府に仕えながら卓抜した時代洞察で活躍した海舟の生涯を描く。

隆慶一郎著 **吉原御免状**

裏柳生の忍者群が狙う「神君御免状」の謎とは。色里に跳梁する闇の軍団に、青年剣士松永誠一郎の剣が舞う、大型剣豪作家初の長編。

隆慶一郎著 **鬼麿斬人剣**

名刀工だった亡き師が心ならずも世に遺した数打ちの駄刀を捜し出し、折り捨てる旅に出た巨軀の野人・鬼麿の必殺の斬人剣八番勝負。

隆慶一郎著 **かくれさと苦界行**

徳川家康から与えられた「神君御免状」をめぐる争いに勝った松永誠一郎に、一度は敗れた裏柳生の総帥・柳生義仙の邪剣が再び迫る。

隆慶一郎著 **一夢庵風流記**

戦国末期、天下の傾奇者《かぶきもの》として知られる男がいた！ 自由を愛する男の奔放苛烈な生き様を、合戦・決闘・色恋交えて描く時代長編。

隆慶一郎著 **影武者徳川家康**（上・中・下）

家康は関ヶ原で暗殺された！ 余儀なく家康として生きた男と権力に憑かれた秀忠の、風魔、裏柳生を交えた凄絶な暗闘が始まった。

隆慶一郎著 **死ぬことと見つけたり**（上・下）

武士道とは死ぬことと見つけたり——常住坐臥、死と隣合せに生きる葉隠武士たち。鍋島藩の威信をかけ、老中松平信綱の策謀に挑む！

山本周五郎著

青べか物語

うらぶれた漁師町・浦粕に住み着いた私はボロ舟「青べか」を買わされた――。狡猾だが世話好きの愛すべき人々を描く自伝的小説。

山本周五郎著

五瓣の椿

連続する不審死。胸には銀の釵が打ち込まれ、傍らには赤い椿の花びら。おしのの復讐は完遂するのか。ミステリー仕立ての傑作長編。

山本周五郎著

柳橋物語・むかしも今も

幼い恋を信じた女を襲う悲運「柳橋物語」。愚直な男が摑んだ幸せ「むかしも今も」。男女それぞれの一途な愛の行方を描く傑作二編。

山本周五郎著

赤ひげ診療譚

貧しい者への深き愛情から〝赤ひげ〟と慕われる、小石川養生所の新出去定。見習医師との魂のふれあいを描く医療小説の最高傑作。

山本周五郎著

大炊介《おおいのすけ》始末

自分の出生の秘密を知った大炊介が、狂態を装って父に憎まれようとする姿を描く「大炊介始末」のほか、「よじょう」等、全10編を収録。

山本周五郎著

日本婦道記

厳しい武家の定めの中で、愛する人のために生き抜いた女性たちの清々しいまでの強靭さと、凜然たる美しさや哀しさが溢れる31編。

柴田錬三郎著
赤い影法師
寛永の御前試合の勝者に片端から勝負を挑み、風のように現れて風のように去っていく非情の忍者〝影〟。奇抜な空想で彩られた代表作。

柴田錬三郎著
眠狂四郎無頼控（一〜六）
封建の世に、転びばてれんと武士の娘との間に生れ、不幸な運命を背負う混血児眠狂四郎。時代小説に新しいヒーローを生み出した傑作。

山本一力著
いっぽん桜
四十二年間のご奉公だった。突然の、早すぎる「定年」。番頭の職を去る男が、一本の桜に込めた思いは……。人情時代小説の決定版。

山本一力著
かんじき飛脚
この脚だけがお国を救う！　加賀藩の命運を託された16人の飛脚。男たちの心意気と生き様に圧倒される、ノンストップ時代長編！

山本一力著
研ぎ師太吉
研ぎを生業とする太吉に、錆びた庖丁を携えた一人の娘が訪れる。殺された父親の形見だというが……切れ味抜群の深川人情推理帖！

和田竜著
忍びの国
時は戦国。伊賀攻略を狙う織田信雄軍。迎え撃つ伊賀忍び団。知略と武力の激突。圧倒的スリルと迫力の歴史エンターテインメント。

司馬遼太郎著

人斬り以蔵

幕末の混乱の中で、劣等感から命ぜられるままに人を斬る男の激情と苦悩を描く表題作ほか変革期に生きた人間像に焦点をあてた7編。

司馬遼太郎著

果心居士の幻術

戦国時代の武将たちに利用され、やがて殺されていった忍者たちを描く表題作など、歴史に埋もれた興味深い人物や事件を発掘する。

司馬遼太郎著

馬上少年過ぐ

戦国の争乱期に遅れた伊達政宗の生涯を描く表題作。坂本竜馬ひきいる海援隊員の、英国水兵殺害に材をとる「慶応長崎事件」など7編。

司馬遼太郎著

梟の城

直木賞受賞

信長、秀吉……権力者たちの陰で、凄絶な死闘を展開する二人の忍者の生きざまを通して、かげろうの如き彼らの実像を活写した長編。

司馬遼太郎著

風神の門

(上・下)

猿飛佐助の影となって徳川に立向った忍者霧隠才蔵と真田十勇士たち。屈曲した情熱を秘めた忍者たちの人間味あふれる波瀾の生涯。

司馬遼太郎著

燃えよ剣

(上・下)

組織作りの異才によって、新選組を最強の集団へ作りあげてゆく〝バラガキのトシ〟――剣に生き剣に死んだ新選組副長土方歳三の生涯。

時雨《しぐれ》のあと

新潮文庫　ふ-11-3

昭和五十七年六月二十五日 発行
平成十四年八月二十日 三十九刷改版
令和六年四月五日 七十一刷

著者　藤《ふじ》沢《さわ》周《しゅう》平《へい》

発行者　佐藤隆信
発行所　株式会社 新潮社
郵便番号　一六二―八七一一
東京都新宿区矢来町七一
電話　編集部(〇三)三二六六―五四四〇
読者係(〇三)三二六六―五一一一
https://www.shinchosha.co.jp

価格はカバーに表示してあります。

乱丁・落丁本は、ご面倒ですが小社読者係宛ご送付ください。送料小社負担にてお取替えいたします。

印刷・大日本印刷株式会社　製本・株式会社大進堂

ISBN978-4-10-124703-8 C0193